JN126521

俺がニールって言ってんだろ!

Kataoka
片岡

ILLUSTRATION 伊東七つ生

CONTENTS

「はじめまして。遊馬(あすま)さんに紹介して頂いた、雨瀧伊織(あめたきいおり)です」

「やっと来たか。遅ぇから来ねぇかと思ったよ」

「すみません、仕事が長引いてしまって」

　ホテルの部屋のインターフォンが鳴り扉を開けると、少し息を切らした男が立っていた。

遅れている分小走りで来たらしいその男を、扉を大きく開き迎え入れる。

「ドーゾ」

「ありがとうございます。晴田琉偉星(はるたるいす)さん、ですよね？」

「そうだけど」

　頷きながらも、ルイスは慣れない響きだとぽりぽり頭を掻く。

「晴田さんなんて呼ばれたの、数年ぶりすぎてビビるわ」

「そうなんですか？」

「本業のホストの方もプレイ用の名前も、ルイスで通ってるから。お前もルイスでいいよ。

その方が俺も慣れてるし」

「流石(さすが)に、初対面の人を呼び捨てにはしづらいのですが」

「ああ？　面倒臭い奴だな」

「すみません」

「ならせめて、晴田じゃなくてルイスの方にしてくんねぇ？　晴田って言われても反応出来ねぇ気がする」

「では、ルイスさんで」

「ンンー……まだ違和感あるけど、まぁいっか」

「はい。ではよろしくお願いします」

「よろしく」

伊織は部屋をぐるりと見渡して、感嘆の声を上げた。銀縁眼鏡の奥でパチパチと瞬きをする黒い眼には、部屋の奥の窓から見える夜景がキラキラと映っている。

此処は六本木にある外資系ホテル、グランハリエットのスイートルームだ。都内のホテルの中では最上級クラスの施設だから、伊織が驚くのも無理はない。

「それにしても、凄いホテルですね」

入り口を入ってすぐの場所に、壁全面に広がる窓から夜景が一望出来るリビングがある。紫色のファブリックの上品なソファがL字型に置かれ、中央には黒いガラステーブル。窓に向かって左には、広いバスルームがある。

正に贅を尽くしたスイートルームだが、この部屋は「ただのスイートルーム」ではない。「サブ」と「ドム」が「プレイ」をするための寝室兼プレイルームを備えた部屋で、ルイスはそのプレイのために伊織をこの部屋に招いている。

「ルイスさんは、普段からこんなホテルを使ってるんですか？」

「まぁな」

頷きつつ、ルイスは電気ケトルの置かれた窓際のテーブルに向かう。

「俺のプレイ料金、普段いくら取ってるか聞いてる？」

「遊馬さんから、最低料金は五万と聞きました。それって、かなり高い部類ですよね」

「そ。曜日とか時間にもよるけど、十万超えることもあるんだよ」

話を続けながら、ルイスは備え付けのティーバッグでハーブティーを淹(い)れる。

「いくら俺がドムとして優秀でプレイが最高でも、そんだけ金取っといて安いラブホなんか使ったら、依頼したサブもテンション下がるだろ？　だから、プレイルームのあるホテルの中では一番いいホテルにしてんの。一日に三人取ったらペイ出来るし。プレイには雰囲気も大事だからな」

「成程(なるほど)」

「ってことで、このホテルのプレイルームの絨毯(じゅうたん)、すげぇ柔(やわ)くて綺麗だから。もし潔癖症で床に膝ついたり転がったりするの嫌とかでも、安心して」

言い終えると同時に浸していたティーバッグを持ち上げ、トレイに置いた。ボーンチャイナの真っ白な高級ティーカップの中で、薄黄緑色のレモングラスティーが揺れる。ふわりと湯気が立(た)ち上(のぼ)り、爽やかな香りを放った。

カップをソーサーに載せ、ルイスは伊織のもとに戻る。

「ドーゾ」

ルイスは伊織にソファに座るよう促し、カップをテーブルに置いた。

素直に着座した伊織は、ソーサーを引き寄せ茶を一口飲む。その伊織と少し距離を置いて、ルイスもソファに座った。

（もっと緊張してんのかと思ったけど）

そんなこともなさそうだと、ルイスは伊織の様子を窺う。

普段から、ルイスはプレイ相手にはハーブティーを出す。大抵初対面の相手だから、緊張しているのなら事前に解してやろうというサービスの一環だ。中にはカップに口すら付けられないサブもいるから、そういう者達と比較したら伊織はとても落ち着いている。

（聞いてた話と少し違うな）

見た目の点では、それほど当初の情報との差異はない。

身長はルイスと変わらないか、少し低い程度。肌の色は白く、髪はアッシュグレイに染め整えられている。ルイスより五歳年上の三十一歳と聞いていたが、見た目はもう少し若い。

服装は濃灰のスーツに同色のネクタイ。いかにも仕事帰りですという格好で、腕には銀色の高級そうな時計がある。端整な顔立ちで立派な容姿ではあるが、「モテ男」が多いホストクラブで働くルイスからすれば珍しくはない。

意外なのは、その落ち着きようだった。

紹介者からは、伊織は「いいドムに恵まれずプレイが出来なくて困っているサブ」だと聞いている。サブやドムといった属性を持つ者として、プレイが出来ない辛さは解る。だからどうにかしてやってほしいと頼まれこの時間を設けたが、「ドムに恵まれていない」という割に伊織にドムへの忌避感はなさそうだった。

（俺を見た時の反応も普通だったし）

伊織が部屋に入ってきた時、むしろ抵抗を感じたのはルイスの方だった。

ルイスは今まで幾百人もの女をホストとして接客し、幾百人ものサブにもプレイの提供をした。だが伊織のような真面目そうな男は初めてで、こういう男は自分のようなタイプは好まないのではないかと思っている。

何せ、ルイスの容姿は伊織と正反対なのだ。

髪の色は透き通るような金髪に染めていて、目は赤み掛かったブラウン。着ているスーツも形と色こそ伊織と同じでも、ルイスのものはホストらしくギラギラと光沢がある。襟元にネクタイはなく、セクシーアピールのためあえて鎖骨が見える程にボタンを外している。

そんなルイスにとって、伊織は「普通に生活していれば接点を持つことなどない男」だ。それは伊織にとっても同じだろう。だから多少は動揺しそうなものなのに、伊織は良くも悪くも反応しない。

（俺のカオ見たら、男でもたまにドギマギするんだけどなぁ）

ルイスが自負している顔の良さにも無反応だったのは、地味に面白くなかった。

だが、抵抗がないのならそれに越したことはない。

人見知りにも見えずコミュニケーション上の問題もなさそうで、これまでプレイが上手く行かなかったのは、単純に伊織と相手のドムの相性の問題だったのかもしれない。

「じゃ、プレイの前にいくつか確認させてもらうけど」

ルイスは膝に肘をつき手を組んで、伊織を見る。

「まず、普段使ってるセーフワード教えて」

セーフワードとは、所謂「ストップ」のサインだ。ドムとサブのプレイでは相手の動きをコマンドで強制することがあるから、安全のために決めておく必要がある。

「個別に決めてもいいけど、使い慣れてるものの方が言いやすくていいだろ」

「使い慣れているというか……」

普通、セーフワードは言いやす過ぎず、言いづら過ぎないものが適当と言われる。だから使い慣れたものがいいだろうと提案したが、伊織は微妙な反応をした。

「遊馬さんから聞いているかもしれませんが、私はセーフワードを使うほどプレイが成立したことがないので」

「そういや、プレイ出来なくて困ってるから俺んとこ来たんだもんな」

「はい」

「けどセーフワード、一度も使ったことねぇってのはないだろ」

「いえ、ありません」

「マジで？　じゃ、他の客ともよく使ってるスタンダードなやつでいいか。『ストップ』でどうだ？」

「構いません」

「じゃあギブアップサイン……も使ったことねぇよな」

ギブアップサインとは、口でセーフワードを伝えることが出来ない時、代わりに仕草でプレイの中断を訴えることだ。

「俺の身体の何処(どこ)かを、三回叩くのでどうだ？」

「了解です」

「確認だ。セーフワードは？」

「ストップ」

「ギブアップサインは？」

「ルイスさんの身体を三回叩く」

「ＯＫ。ちなみにお前、プレイに慣れてねぇみてぇだから、今日は最後まで脱がせるようなコマンドは使わないつもりだけど。シャワー浴びる？」

「いえ、大丈夫です」

「あと普段は最初のカウンセリングでNGプレイの確認もするけど、今日は省くけどいい？　さっきも言った通り、基本コマンドしか使うつもりねぇから」

「特にNGプレイはないので構いません」

「NGナシなの？」

「そうですね」

「ふうん。じゃ、次があったらキモチイイ命令もしてやんねぇとな」

ルイスは目を細め口角を上げ、伊織を見る。

見た目だけで言えば、真面目で頭が良さそうで、プライドが高そうで堅物。こういう人間を支配し快楽に落とすことを想像すると、数多（あまた）の女とプレイし慣れたルイスでも少し興奮してしまう。

「じゃあ俺、先にプレイルームにいるから」

ソファに両手を着いて、ルイスは勢いよく立ち上がる。

「部屋に入ったところからプレイスタートだ」

「わかりました」

「準備が出来たら来いよ。お前が落ち着いた頃、ゆっくりでいいから」

ルイスはヒラヒラと手を振って、プレイルームに向かう。

使い慣れたプレイルームには、キングサイズのベッドがある。だがいつもベッドに座るのはルイスだけで、相手のサブをベッドに上げることはない。

プレイとセックスは違う。

この二つがセットになっているカップルがいるのは知っているし、恋人やパートナーでなくともプレイからの流れでセックスに至る話もよく聞く。

だが、ルイスはそうしなかった。

ルイスはあくまでも「商売」として、性欲ではなくサブの欲求を満たすためのサービスを提供している。だから性行為をすることで客と拗れるくらいなら、初めからセックスとプレイを切り離す方がいい。

ドムとサブ。

そんな「ダイナミクス」と呼ばれる属性を持つ人間が、この世には存在する。この属性を持つ人間は「ダイナミクス持ち」と呼ばれ、ドム、サブ、共に全人口の五パーセント未満しか存在しない。認知されたのは一世紀ほど前だ。

その当時は、やや差別的な扱いをされていた。

というのも、ドムには支配欲求があり、サブには被支配欲求がある。つまり「SM的な行為を求める」性質があるのだが、これが性的な異常思考保持者だと歪んだ認知をされていたからだ。

　実際はドムとサブの欲求は、性的嗜好（しこう）ではない。生まれ持った本能で、ドムはサブを支配することでしか、サブはドムに支配されることでしかその欲求は満たされない。ダイナミクスを持たない人間との行為では解決出来ないものだから、ドムとサブは相互補完の関係にあると言える。

　この相互補完でのための行為が「プレイ」だった。

　プレイはドムの発するコマンド――命令――に、サブが従うことで成立する。一番簡単なコマンドは「カム（来い）」や「ニール（跪け）」で、犬にするものに近い。だが、もっと性的なコマンドもある。例えば「ストリップ（脱げ）」や「プレゼント（性器を見せろ）」などだが、どのレベルのコマンドで充足感が得られるかは、個人によって異なる。更に言えばプレイ相手との相性や、ドムの命令能力にも依存する。

　サブが命令に上手く従うことが出来たら、ドムはサブを褒める。サブはドムに従属し褒められることで気持ち良くなり、その快楽で満たされると「サブスペース」と呼ばれる特別な状態になる。ルイスが何度か見たサブスペースに入ったサブは、マタタビにあてられた猫のような、セックスでずっとイってるような状態になっていた。これはサブだけが気持ち良くなれるものと思われがちだが、相手がサブスペースに入ると、命令をしたドムの方も快楽を得ることが出来る。

恐らくダイナミクスを持たない人間には、こういった欲求や充足感は理解することが出来ないだろう。だがダイナミクス持ちにとって「支配したい」と「従属したい」は本能のようなもので、プレイが出来なければストレスで体調を崩すこともある。

不調の現れ方は人によって異なるが、疲れやすい、食欲がない、気分が塞ぐといった軽度のものから、起き上がれない、眩暈がする、思考がはっきりしないなど完全に生活に支障をきたすケースもある。

そういうことがないよう、今はダイナミクス持ちのために様々なサービスが用意されている。

例えばこの高級ホテルもその一つで、三十年ほど前まではプレイと言えばラブホテルだったのに、今はハイクラスのホテルからビジネスホテルまで、大抵の宿泊施設でプレイ用の部屋が用意されている。サブとドムがパートナーを探すためのマッチングサービスもあるし、その日限りのプレイを提供する仕事もある。

ルイスがしているのもそんなサービスのひとつで、本業のホストの傍ら、副業としてやっている。

一夜数千円で営業するドムもいる中、ルイスのサービスはかなりの高額。だが毎月予約を開始すればすぐに枠が埋まるほどに、評判がいい。

それだけ自分にはドムとしての技量がある。そんな矜持がルイスにはある。

だから伊織がプレイ不全だと聞いても、自分なら問題ないと思った。

（よっぽど無能なドムに当たってたんだろうなぁ）

そもそも、サブにはドムに従属したくなるという本能がある。コマンドを受ければ理解より先に脳と身体が反射すると聞くから、相手の好き嫌いはあれどもプレイが成立しない方が珍しい。

そんなことを考えていると、部屋の扉が開いた。

「お待たせしました」

扉の前に立つ伊織は、先ほどと変わりはない。まるで商談に来たかのようにピシッとスーツを着ていて、姿勢がいい。伊織は一歩足を踏み出し部屋に入ると、後ろ手に扉を閉めた。

「じゃあ、プレイ開始ってことでいいな？」

「お願いします」

「OK、伊織。カム」

ルイスはベッドに座ったまま足を組み、伊織に命令した。

来い、は基本のコマンドだ。伊織は躊躇（ためら）うように喉を鳴らし唾（つば）を飲み込むと、ゆっくりルイスのいるベッドに足を向ける。

柔らかい藍色の絨毯を敷き詰めたこの部屋では、足音はしない。ピカピカに磨かれた革靴が起毛を踏み締め、やがて伊織はルイスの前で立ち止まった。

「ルック（俺を見ろ）」

コマンドと同時に、伊織はルイスの目をしっかり見る。

アイコンタクトも、プレイの基本。それも問題なく出来てはいたが、ルイスは違和感を覚えた。

（ちゃんと、出来ちゃいるが）

確かに、伊織は命令に従っている。言われた通りルイスの前まで来て、ルイスと目を合わせている。それだけ見れば、何の問題もない。

だが、何処か他の客と違う。伊織は綺麗な姿勢を保ったまま無表情でルイスを見下ろしており、どうもプレイをしているという雰囲気を感じない。

普通コマンドを受け従属するサブは、瞳を蕩（とろ）けさせ、恍惚（こうこつ）とした表情になる。それだけドムの、とりわけルイスのような人気のあるドムのコマンドは、簡単なものでも気持ちが良いはずなのだ。

そんな手応えのなさを感じながらも、ルイスは次のコマンドに移った。

「じゃあ、ニールだ」

ベッドに座って伊織を見上げたまま、ルイスは命令する。

数あるコマンドの中でも、この「ニール」はプレイにおける最重要コマンドと言っていい。

相手に対して跪(ひざまず)き視線の高さが落ちる行為は、何より従属の証になる。これが出来れば隷従(れいじゅう)する意思があることを示せたことになるから、ルイスはいつも此処で一度サブを褒め、気持ち良い状態に落としてからプレイに没頭させていく。

　だから伊織も他のサブと同じようにうっとりとした表情で跪き、澄ました顔を蕩けさせていくのだ。

　ルイスはそう思っていたが、伊織はルイスの前で棒立ちになったまま動かなかった。

「おい」

　ルイスは眉を寄せる。

　ニールで跪かないサブなど、聞いたことがない。

「聞いてんのか？　ニールだ」

　改めて圧を掛け強い口調で命令し人差し指で床を指すが、やはり、伊織はぴくりとも動かない。そこで漸(よう)く、ルイスは違和感が気のせいではなかったことに気づいた。

「おい待て、何で跪かねぇんだよ」

　流石にこのままプレイを続ける気になれず、ルイスはベッドから立ち上がる。

「この部屋に入ったら、プレイ開始って言ったよな」

「そうですね」

「で、俺はニールって言ったんだけど」

「それは聞きました」

「じゃあ跪くだろ普通」

「普通、と言われても……私は跪こうという気分になれなかったので」

「はぁ？」

「ですから、貴方の命令では跪けないと言ったんです」

「な……」

あまりの言い草に、ルイスは口を開けたまま震えてしまう。

「俺、そんなこと言われたの初めてなんだけど」

「そうですか」

「え？　俺の命令に従いたくなんねぇの？」

「はい」

「俺、結構凄いドムって評判なんだけど」

「一度のプレイで十万近く取るんですから、そうなんでしょうね。だから私も期待していたのですが、ならないものはならないので。遊馬さんから聞いているかもしれませんが」

ふぅ、と息を吐いて、伊織は少し目を伏せる。

「私は、自分より優秀だと認めるドム以外に従属することが出来ないんです」

「は？」

「普通に考えて、自分より格下の相手に無条件に跪くなんて嫌でしょう。一般的に、サブはそういう感情を度外視してドムの命令に従属出来るようですが。私はそうではないんです。それが、私がプレイ出来ない理由です。平凡なドムとではプレイすることが出来ないんですよ」

「待て待て。色々ツッコミどころがあり過ぎるだろ」

「事前に遊馬さんから聞いてなかったんですか？」

「聞いてなかったよ。つーかそんなのはどうでも良くて、お前、俺が平凡なドムって言ってる？」

「まぁ、そういうことになりますね……ですがルイスさんが無能なのではなく、私の体質のせいなので気になさらないでください」

「いや気にするわ！　ニールで躓くのなんて初めてだよ」

「そうですか。ちなみにニールに関して言うと、もう一つ問題があります」

「はぁ？　まだあんの？」

「はい、これが結構大きな問題で」

「一応聞くけど、何？」

　あまりに想定外の展開に、ルイスは動悸息切れしてくる。さらに続いた伊織の言葉に、ルイスは気を失いそうになった。

「ニールの発音が悪いのがすごく気になります」

「ギャッハッハ！」

頭の奥まで響くような大きな笑い声が、バー『炎』の店内に響いている。

古木を使ったカウンター、その奥に広がるガラス棚。綺麗に並べられたウイスキーボトルに、薄暗い店内を照らすアンティークのランプ。そのどれもが最高に雰囲気のいい上等なものなのに、ルイスの隣に座る客は最悪で鬱陶しかった。

「おいルイス、笑わせ過ぎないでくれ。それで英会話やってるとか」

プククと一瞬笑いを堪えてから、しかし男は再び盛大に笑い出す。

この失礼すぎる男はホストクラブ『ミラー』の同僚、エンペラーだった。勿論本名ではなく源氏名で、本名は遠藤亘。ルイスと同じくドムで、染髪のブロンドに瞳はグリーンのカラーコンタクト。黒い光沢スーツに紫色のシャツを合わせている。

ルイスより長身で落ち着いた雰囲気のこの男は、その見た目の派手さとのギャップがいいのか、過去四年間一度もナンバー1の地位から落ちたことがない。

このバー『炎』の常連で、他の客やマスターとも親しい。だからルイスには追い出す権利がないが、それでも今日は店から蹴り出したい気分になった。

気持ちは解らなくもない。

何せルイスは店に来てからずっと、片耳にイヤホンを着けて自作した英単語帳を捲っている。とても勤務前のホストのすることではなく、もし自分以外の人間がしていたらきっと指を差して笑っていただろう。

「仕方ねぇだろ、遊馬さんの頼みなんだから」

不貞腐れて呟くと、正面でグラスを磨いていたマスターが笑う。長身で黒髪をポニーテールに纏めたこのマスターこそが「遊馬さん」で、ルイスと伊織を引き合わせた張本人でもある。


ルイスはこの街、歌舞伎町でホストをしている。

クラブ『ミラー』のナンバー3。エンペラーが一度も一位から落ちたことがないのと同様、ルイスも三位になってからは一度も四位に落ちたことがない。だが同時に二位に上がったこともなく、万年三位だ。

とは言え、ホストとしては成功者の部類だろう。今は渋谷区の2LDKのタワーマンションに住んでいて、金に困ることは基本的にない。

だがホストになった当初から、売れっ子だったわけではなかった。むしろ成績は下の下で、毎日ヘルプで席についていては話もまともに出来ずただ酒を飲み、酔い潰れては狭いアパートに帰って吐いていた時期がある。食生活も滅茶苦茶で、スーツは安物でヨレヨレ。酷い格好で店に来るなと、オーナーに怒られたことは一度や二度ではない。

遊馬に出会ったのは、そんな劣悪な生活をしていた時だった。明け方、ルイスが酔い潰れて路上で倒れていたところを、遊馬に拾われたのだ。

以来、ルイスはよく遊馬の世話になった。泥酔していたところを介抱されただけでなく、「これも何かの縁だ」とルイスが売れるまでの間、出世払いで飯の面倒も見てくれた。人間らしい生活から程遠かったルイスを救ったのは遊馬で、遊馬の助けがなければルイスの今の地位はなかっただろう。

遊馬への恩はそれだけではない。ホストとして売れない間、「ドムとしてプレイを提供する副業」の提案してくれたのも遊馬だった。紹介制サービスの仲介をしてもらい、プレイ提供者として登録した。するとこれが当たって評判になり、大金を稼ぐきっかけにも、自信がついてホストとして大成するきっかけにもなった。

プレイのサービス提供は、リラクゼーションサロンや美容院と同じ方式だ。

プラン毎に金額を提示すると、利用者のサブはアプリを使って予約する。あとは指定場所で会ってプレイをすることになるが、この時、指標になるのは口コミ、それにドムの「支配力を示す数値」だった。

ドムには、数値化出来る「強さ」がある。血液検査で判定するもので、この数値は多少の増減はあるものの生まれながらに決まっている。

一般的な数値は一二〇から一五〇程度。これが一八〇を超えるとかなり強い部類になる。数値が高いほどサブへの支配力が強くなり、同時にサブの満足度が上がる傾向にある。中にはドム数値が二〇〇を超える者もいるが、これ程になると相手への支配がほぼ強制化され、「グレア」と呼ばれる威圧能力もサブだけでなくドムにも影響する。

それだけ、二〇〇超えのドムは危険だった。「レグル」と呼ばれ、国から証明書が発行される。支配力の強い人間が悪さをしないよう国が把握しておくためで、日本だけでなく世界で共通化されている。

ルイスのドム数値は一八〇。レグルではないが、ドムの中では相当強い部類になる。勿論数値だけですべてが決まるわけではないが、これまでルイスはどんなサブも満足させてきたし、だからこそ大枚を叩いてルイスに頼む客が絶えない。

そういうルイスの能力を買って、遊馬はルイスに伊織のことを頼んだのだろう。

「ドムとプレイが出来なくて困ってる友人がいるんだ。他のドムではどうにもならないらしくてな。ルイス、助けてやってくれないか」

遊馬から頼み事をされるのは、初めてだった。だからこれまでの恩を少しでも返せるのならと、ルイスは二つ返事で引き受けた。他のことならいざ知らず、ドムとしてのプレイをするだけなら絶対に出来る自信があったのだ。

そうして挑んだ、伊織との初めてのプレイの夜。

伊織は無反応だった。基本コマンドの「ニール」にすら反応しない。そんな初めてずくしのことに混乱し、ルイスはあの後、どうやって家に帰ったのかもよく覚えていない。

だが、最後に伊織に言われた言葉だけははっきり記憶にある。

（はぁ、ヤなこと思い出した）

ルイスは手元の単語帳を捲る。

あれから海外のプレイ動画を何度も見たし、オンライン英会話にも登録した。単語が解らなければ会話が成り立たないから、今は中学生以来の手作り単語帳を捲っている。

「クソ、あんな澄ました顔したニールも出来ねぇサブ、遊馬さんの頼みじゃなきゃ絶対相手にしねぇのに」

「お前だって出来てないだろ？『ニール』の発音が」

「うるせぇ！」

隣で茶々を入れるエンペラーに背を向けると、カウンターの向こうで遊馬が楽しげに笑う。遊馬はルイスとエンペラーのこういう貶（けな）し合い――というほど実際は仲が悪いわけではない――が好きなようだが、今日ばかりはルイスは口を尖らせた。

「いや、マジで遊馬さんの頼みじゃなかったら絶対こんなことしてないっすからね」

「解ってるよ。忙しいのにありがとう」

「まだ礼言われるようなこと、何もしてないですけど」

「でも単語帳捲ってるってことは、また会ってやってくれるんだろう？」

遊馬はカウンターから、出勤前の軽食を出してくれる。本来こういう食事は提供しない店だが、親しい人間だけに振る舞ってくれる。ササミと野菜が挟まったサンドイッチ。隣からエンペラーが手を伸ばしてひとつ取り、もう一つをルイスが取って齧り付く。

「ルイスなら、あいつを見捨てないでくれるんじゃないかって思ったんだ。ルイスもダイナミクス持ちだから、プレイが出来ない辛さが解るだろ？　伊織は今までまともにプレイが出来たことがなくて、中々苦労してるんだ。根気良く付き合ってやってくれると嬉しい」

「まぁ、遊馬さんの頼みですから付き合いますよ。来週も約束しましたし」

「おいルイス。遊馬さんの前でいい顔する前に、しっかり発音練習しとけよ」

　遊馬との話が綺麗に落ち着いたところで、エンペラーがニヤつく。ルイスは拳を握り震わせたが、遊馬の前だと深呼吸をして目を閉じた。

＊＊＊

　次にルイスが伊織と会ったのは、一週間後のことだった。

　夜十時、同じホテルの同じ部屋。ルイスは少し早めに到着して、伊織を待った。

　この日、ルイスは他の客とのプレイを入れていない。流石に遊馬に頼まれた人間の相手をする前に他の客と会うのは失礼な気がして、伊織と会う日は他のサブとの仕事は断っていた。

慣れた部屋の慣れたソファに座って、ルイスはルームサービスのシャンパンを飲む。

シュワシュワと金色に輝く気泡を見ながら、思わず口角が上がる。

（我ながら仕上がったな）

仕上がったとは、例の「ニール」についてだ。

あれからオンライン英会話を何度か受講して、余計な会話をすべて排除しコマンドの発音だけを訓練した。講師は不思議そうにしていたが、ゴールが海外旅行でもビジネスでもないのだから、英語が話せなくても問題ない。その甲斐あって、自分でも納得の仕上がりになっている。

あとは伊織が来るのを待つだけだ。

約束の時間は十一時。その時刻を少し過ぎたところで、伊織は現れた。

「すみません、遅くなってしまって」

伊織は、以前と同じスーツを着ている。だが少し違うことには、その手にはパソコンでも入っているだろう黒い鞄（かばん）がある。

「今日も仕事帰りなのか？」

「はい」

伊織のスーツは少し草臥（くたび）れている。だが何より、顔に疲労の色が濃く出ていた。

「もしかして、仕事終わって慌てて来た？」

「ええ、一応。遅れてすみません」

「そんなことはいいんだよ。じゃあ、飯も食ってねぇんじゃねーの？」

「そうですね。ですがいつも食事は遅い時間なので」

「仕事中に何か摘（つま）んだ？」

「いえ、打ち合わせが続いていたので」

「ちゃんと食えよ。顔色悪ィぞ」

明らかに疲労が顔に滲んでいる。一週間の疲れが溜まる週末とは言え、どうにも見過ごす気になれない。

部屋に夕食など用意していない。だがホテルが用意したウェルカムスイーツがあったから、ルイスは先日同様ハーブティーを淹れて、それと一緒に出した。菓子でも食べないよりマシだろう。普段、客にこういうサービスはしない。だが伊織は金銭を伴っていないから客ではないし、心も身体も疲れたままプレイに及ぶよりいい気がする。

「あの、約束の時間も過ぎていますし、お気遣い頂かなくても大丈夫ですけど」

「いいんだよ、時間なんて。どうせ今日はお前以外予定入れてねぇし」

「そうなんですか」

伊織はパチパチと瞬きをしてルイスを見ていたが、やがて視線をティーカップに向けると両手で持ち上げる。

「ありがとうございます」

伊織は茶を一口飲んでから、一緒に置いてある菓子に手をつけた。二つあるからいいだろうとルイスも手を伸ばし、包装紙を破る。中に入っていたのは一口サイズのフロランタンで、重くて甘いが今の伊織にはきっと丁度いい。

そうして一息ついてから、プレイルームに移動した。

以前同様、部屋に入ったところからプレイはスタートし、ルイスは「カム（来い）」と「ルック（俺を見ろ）」の命令をする。伊織は従った。だがこれはルイスのコマンドに従っているというより、ただ部屋に入って視線を合わせているだけのような気がする。部屋に入ってアイコンタクトをするくらい、命令でなくても出来る。

その証拠に、伊織はやはり「ニール」には反応しなかった。

「伊織、ニールだ」

ルイスはベッドに座ったまま、コマンドを放つ。だが伊織は棒立ちのまま、少し困ったように視線を逸らした。自ら視線を逸らした時点で、先ほどの「ルック」も意味を成していなかったと改めて思い知らされる。

「クソ、やっぱダメか」

「すみません」

「お前が謝ることじゃねぇだろ……ってもしかしてコレ、俺が謝るとこだったりすんの？」

「私の場合プレイが出来ないのがルイスさんだけではないので、ルイスさんが謝る必要ないと思いますよ」

「だ、だよな！」

「ですが」

ルイスは警戒する。前回も、最後に足された一言がグサリと胸を刺した。ごくりと唾を飲み込んで、ルイスは沙汰を待つ。

「な、何だよ」

「いえ、先日よりニールの発音が良くなっていて、少し感動しました。もしかして練習したんですか？」

「れ、ら……」

伊織から放たれた想定外の台詞に動揺し、ルイスは言葉が出てこない。口を開いたはいいが発したのは意味のない音で、混乱する頭をフル回転させて辛うじて吐き出したのは自分でも意味不明な言い訳だった。

「練習なんてしてねーよ！　この前は調子が悪かっただけだしな。お前の前に関西弁のサブとプレイしてたから」

「関西弁のニールは普通のニールと違うんですか？」

「全然違ぇよ」

（いや違わねーけど！）

羞恥で頬が熱くなる。というか赤くなっていないか心配になる。

貶された発音を少し褒められただけで、ちょっと嬉しくなっている自分がいる。自分が褒められてどうすると思いながら、サブが褒められることに喜びを覚える理由が少し解った気がした。

だが結局、二度目のプレイも進展なく終わった。

それでも伊織と次の約束をしたのは、遊馬に頼まれたということもあるが、伊織が悪い奴ではないと感じたからだ。

（我ながら単純だな）

失礼極まりないと第一印象は最悪だったが、恐らく伊織に悪気はない。思ったことを、素直に口にしているだけなのだろう。そんな伊織が努力を認めてくれたことが、ちょっと嬉しい。

とは言え、その後も週に二度のペースでプレイを試みても、進展はなかった。上達するのはルイスのコマンドの発音だけで、相変わらず伊織は従属しない。

「ニール」

無駄に流暢になったコマンドが、虚しく部屋に響き渡る。普段なら表情を蕩けさせたサブがフニャフニャと膝を折るのに、伊織はルイスの前で腕を組んで溜息を吐く。まるで教育され説教されているのが自分のようで、ルイスは表情筋が引き攣った。

「全然ダメ？」

「駄目ですね」

「く……っ」

ルイスはベッドに座ったまま、拳を握りしめる。今までどんな相手も満足させてきた自負がある分、無能だと言われているようで屈辱極まりない。

「あー、もうやめだやめ！」

ルイスが音を上げたのは、五回目のプレイの時だった。

「一旦プレイは中止」

ベッドから立ち上がり、思い切り両手を上げて伸びをする。突然大きな声を出したせいか、伊織は少し驚いていた。

「それは……もう私とのプレイはしないということですか？」

「元々プレイ出来てねぇんだから、『もうプレイしない』とも違うだろ」

「確かに」

「……じゃなくて」

諦めたわけではない。だがこのままでは埒が明かないし、何の成果も出せずに「今日も駄目でした」では能がない。

「今日は、もう一旦やめって意味だよ。このまま俺がニールって言い続けても、どうせお前跪かねーじゃん」

「まぁそうでしょうね」

「素直に言われると腹立つな」

「すみません」

「とにかく！　方針変更だよ。とりあえず、お前そこのベッドに寝ろ」

「はい？」

想定外の指示なのだろう、伊織は鳩が豆鉄砲を喰らったような顔になる。

「ベッドに私が？」

「そうだよ」

「それは命令ですか」

「命令じゃねーけど、いいから寝ろ。うつ伏せな。あ、ジャケットは脱げよ皺になるから」

脱いで寄越せと手を出すと、伊織は不本意そうにジャケットを脱ぐ。本当はスラックスも脱がせたかったが、流石に嫌がるだろう。ルイスは受け取ったジャケットを丁寧にハンガーに掛け、ついでに自分のジャケットも脱いで一緒に壁に引っ掛けた。

ベッドに戻ると、伊織は素直に横になっている。

「あの、何をするんです？」

「俺とのプレイしに来て気持ち良くならねぇで帰るとか、俺のプライドが許さねぇから」

　不審げな表情の伊織を見下ろしながら、ルイスはシャツの袖ボタンを外して腕捲りをした。靴を脱いで、ベッドに乗り上げる。いよいよ伊織は身構えたが、ルイスは気にせず伊織の尻を跨（また）いで膝立ちになった。

「ってことで、今から俺がマッサージしてやるから。お前いっつも疲れた顔してっし、丁度いいだろ」

「は?!」

「心配すんな。俺こういうのめちゃくちゃ上手いから」

「そういう問題では――ふぅ……っ」

　有無を言わさず、伊織の肩甲骨の間に親指を押し込む。伊織はびくりと身体を跳ねさせたが、すぐに大人しくなった。

「へぇ、いい声出すじゃん。ちょっと俺の尊厳が守られたわ」

「何なんですそのそんげ……ンンン……」

「俺はレグルじゃねぇけど、普通のサブなら俺が命令をすれば喜んで従うんだよ。それをお前は……」

　憎さ半分で首筋から肩までゴリゴリと指圧してやると、伊織は枕に頭を埋める。凝り固まった三角筋のあたりも揉み込むと、「ンうう」と痛みと気持ち良さに耐えるような声を漏らした。今までで一番思い通りになっている気がして、気分がいい。

それにしても、伊織の身体は押す場所触れる場所、どこもガチガチに凝り固まっていた。

「お前、肩も腰も全然指入んねーんだけど。岩でも入れてんの？」

「特に入れた記憶はないですね」

「当たりめーだただの嫌味だよ！　つーか、自分でメンテナンスくらいしろよ」

「そういう時間がなくて」

「自分のメンテも仕事のうちじゃねぇの？　こんなんじゃ、顔色も悪くなるだろ」

そこまで言ってから、この男はそもそもサブとしてのメンテも出来ていないのだと思い出した。

普通ダイナミクスを持つ者は、自分のメンテのためにプレイをする。伊織も恐らくその努力はしているのだろう。遊馬の話ではマッチングアプリも有料サービスも使ったことがあるが、どれも上手くいかなかったと言っていた。だから伊織の場合はサブとしてメンテをしていないと言うより、努力が実っていないことになる。

「お前のさぁ、自分が認めるくらい優秀な奴ってどんな奴なの？」

少し力を弱めて、腰を揉む。「ンッ」と小さく声を漏らしてはいるが、これなら伊織も話が出来る。

「どんなドムでも駄目って、結構ハードル高くね？」

「例えば……」

少し顔を上げて、伊織は枕の上に顎を置く。

「そうですね、ステフ・ゲインズとか」

「カタカナかよ。つーか誰？」

「レモンコンピューターのＣＥＯですね」

「はぁ？」

思わずルイスは手を止め、声を大きくする。

「めちゃくちゃ有名人じゃねぇか」

「私が認める優秀な人と言われたので」

「いやそうだけど、それハードル高過ぎねぇ？」

「そうですかね」

「いや高ぇよ。会う機会すらねぇだろ」

「会ったことはありますよ」

「マジで？」

理想が高すぎると呆れていたが、予想外の回答にルイスはマッサージの手を止める。

「どうやったらそんな有名人と会う機会があんだよ。ていうかそいつとプレイしたの？」

「ゲインズ氏はダイナミクス持ちじゃないですし、プレイなんてしませんよ。そもそも仕事でお会いしただけですし」

「仕事……あのさ、普段はこういうの聞かないんだけど、お前どんな仕事してんの？」

前置きをしてから、ルイスは尋ねる。

ホストとしては客の話を聞く。だがドムとしての仕事はプレイを提供するだけで、個人的な情報は一切交換しない。プレイはホストクラブと違って、密室で二人だけで行う。ただでさえ「特別な関係」だと誤解するサブもいるから、「金銭以上の関係は持たない」と示すためにもルイスは一切のプライベートを遮断している。

だが、伊織は別枠と考えていいだろう。

「お前、普通にサラリーマンぽくねぇじゃん」

「普通に雇われ者ですよ。外資系のコンサルティング会社で、シニアコンサルタントをしています」

「シニアって爺さんってこと？」

「ではなくて、プロジェクトを纏める役職です。アソシエイトコンサルタントやビジネスアナリストを纏めるリーダーですかね」

「カタカナばっかだな」

「あとは、副業でセミナー講師もしています。見ていただいた方が早いかも」

伊織はもぞもぞと起き上がると、ポケットに入れていたスマートフォンを取り出す。顔認証をして画面に指を滑らせると、伊織はディスプレイを見せてきた。

「これです」

差し出されたスマートフォンを受け取って、ルイスは表示された画面を見る。そこにはいつものスーツを着た伊織の写真があり、横には何やらカタカナの役職名とこれまでの経歴が書かれていた。大学、大学院、留学先。どれも縁のないルイスでも知っている名前で、今の会社では三十人の部下を抱えていると記載がある。三十人と言うと今ルイスが働くクラブのホストの数とあまり変わらないから、それを束ねているとなると流石に凄いということが解る。

「お前、マジで凄ェ奴じゃん」

「それなりには」

「これでお前より優秀な奴って、結構探すの大変じゃゃね？」

「だから誰とも上手くいってないんですよ」

「同僚とか取引先とかにイイ奴いねーの？」

「仕事場には仕事をしに行っているのであって、プレイ相手を探しに行っているわけではないので」

「そりゃそうだけど……」

ホストクラブのように、親しくなったからといって客と食事に行くようなこともないのだろう。かと言ってプライベートでプレイだけの相手を探すにしても、相手の人となりやスペックが解らなければ、伊織の場合尊敬出来ずプレイが成り立たない。

　そこでふと、ルイスは重要なことに気づいた。

「つーかお前、俺のこと知らねぇから俺とプレイ出来ないんじゃねーの？」

「はい？」

「俺の仕事振りを見て、俺が凄ェホストだって解ったら俺ともプレイ出来るんじゃねぇのかって言ってんの」

　名案だと、ルイスはベッドから飛び降りて先ほど脱いだジャケットのところまで行く。すぐにスマートフォンを取り出すと、スケジュールを開いた。

「お前、いつ暇？　俺の仕事場に来いよ。サービスで金は全部俺が持ってやるから。あ、ちっとは洒落(しゃれ)た格好して来いよ。そのスーツも悪くねぇけど、ちっと固いし目立つから」

　急な話に、伊織は驚いた表情で瞬きをする。だがすぐにベッドに転がるスマートフォンを開くと、カレンダーを見始めた。

＊　＊　＊

伊織がルイスの職場――つまりホストクラブに現れたのは、最初のプレイから一ヶ月が過ぎた頃のことだった。

　ルイスが働くホストクラブ『ミラー』は歌舞伎町ではそれなりに有名な店で、不動のナンバー1、エンペラーの写真が店の前に飾られている。その横に少し小さいサイズの写真が並び、三番目にルイスのものがある。

　黒を基調とした店内には、豪華なシャンデリアが掛かっている。壁もソファも黒、テーブルはガラス張り。そう聞けば暗い店内を想像されるが、壁や天井には金縁の鏡がいくつも掛けられておりキラキラと輝く光を四方八方に反射させて明るい空間になっている。

　そのクラブに、伊織が来た。ルイスは他の客の対応をしていたが、すぐに来訪に気づいた。元々男性客の多いクラブではないし、何より伊織は目立つ。それは整った見た目のせいでもあり、ホストクラブに似合わない格好をしているせいでもある。

「ちょっと呼ばれちゃったから行くね」

　女性客にニコリと微笑んで挨拶(あいさつ)をして、席を立つ。そのまま伊織が案内された席に向かうと、伊織は新人ホストに接客されてつまらなそうにしていた。ルイスは新人に「此処はいいから」と席を外させて、伊織の隣に座る。

「おい伊織、お洒落して来いって言っただろ。色シャツとかねぇの？」

「持ってません」

「あ、でもそのネイビーのネクタイは初めて見た。いい色じゃん。タイピンもセンスいい」

「そういうこと、誰にでも言うんですか？」

「誰にでも言うけど、お金払ってくれそうな子にはたくさん言う」

ひとまずシャンパンでいいよなと確認を取ってから、ルイスはスタッフに酒を頼む。すぐに頷いたところを見ると、下戸ではないようだ。

運ばれてきたピンク色に輝くグラスを伊織に渡して、すぐに乾杯した。チンと小気味のいい音を鳴らして、一口飲む。いいグラスは音がいい。この音も好きだし、ピンク色に輝くシャンパンもルイスは好んでいた。ボトルで入れると百万円になる。定価は八万円程度。その十倍超の価格で出しているが、ルイスは週に何度もこのボトルを入れてもらっている。

「美味しいです」

「酒好きなの？」

「嗜む程度ですが」

シュワシュワと気泡が立つそれを半分ほど残し、伊織はグラスを膝に下ろす。

「ただこうして誰かと飲むことはあまりないので、人と飲むのは美味しいですね」

ホテルで会った時には、しない会話だった。

普段はプレイを試みて終わる。そのせいでワーカホリックなビジネスマンというイメージしかなかったが、改めて話してみると人間らしい部分が垣間見える。

「そういえば、表の看板を見ました」

伊織はグラスを置いて、ルイスに向き合う。

「ルイスさん、この店のナンバー3なんですね」

「ああ、もうずっと三位でキープしてるよ」

伊織をクラブに招いたのは、ルイスを認めさせるためだった。説明せずとも見てきたのなら、話が早い。

「少しは俺のこと尊敬する気になったかよ」

「いいえ、仕事を見に来いと言われたので、てっきりナンバー1なのではないかと思っていたので。三位の看板を見て驚きました」

「ぐ……っ」

見直しましたの一言を期待していたのに、またもや伊織は鋭利な言葉で刺してくる。

「こ、このクラブは他よりレベルが高ェから、三位でも実質一位みたいなもんなんだよ」

「成程?」

「クソ、信用してねーな」

「そんなことありませんよ」

伊織がくすくすと笑う。アルコールのせいなのか、いつもより穏やかで肩の力が抜けている。そのせいだろう。

「どうしてこの仕事をしているんですか?」

ルイスに興味などないと思っていたのに、伊織は質問を投げてくる。

「お酒が好きだからですか？　ナンバー1になることが夢とか？」

「金のためだよ」

ルイスは即答する。

上を目指す向上心のある姿を見せれば、ルイスを認める気持ちが伊織の中に芽生えるかもしれない。だが実際、ルイスは大きな目標を持ってこの仕事をしているわけではない。

「俺、この容姿だろ？　放っといても女が寄ってくるんだよ。で、俺は酒も女も好きだし、女の子と楽しく話すだけで金稼げるって最高だろ。ホストは俺にとって天職なの」

「女性が好きなら、普通の恋愛をした方がいいのでは？」

「あー、そういうのは興味ねーんだよな」

女が好きと恋愛が好きは、似ているが全く違う。

この手の話をすると「本物の恋愛の方が」とおせっかいを言う人間がいるが、ルイスは特定の相手を作るつもりはないし、恋愛に魅力を感じない。

「伊織もコンサルやってるなら、数字で語るってやつが解るだろ？　俺も解りやすく、数値化されたモンの方が好きなんだよ。此処じゃ好きも嫌いも、全部カネになって返ってくる。酒を入れてくれた分だけ、俺も愛情を返す。俺はそういうビジネスライクな関係の方が気楽でいい。純粋な恋愛って、面倒で鬱陶しい事の方が多いだろ」

「そういうものですか？」

「そういうもんそういうもん。人生短いんだから、パーッと楽しんだ方がいいって」

手元のシャンパンをぐっと飲み干して、ルイスは席を立つ。

「じゃあ俺、他の客んとこも回るから」

ルイスを指名する客は多く、いつまでも伊織だけに構っているわけにいかない。何より、この話をこれ以上続けたくない。

「酒は、好きなの頼んでいいから。メニュー表すぐに持ってこさせるけど、値段見てビビるなよ。定価の十倍がウチの相場だ」

「その額を払うだけの価値が、このクラブに……というかルイスさんにあるということですね」

「そういうこと。少しは俺のポイント上がったか？」

「まだ仕事ぶりを見ていないので何とも」

「じゃあ酒飲みながらでいいから、俺のことちゃんと見とけよ」

「わかりました」

にこりと微笑む伊織を残し、ルイスは再び女たちの待つ席に戻っていく。来店した客の名前とオーダーを確認して、各テーブルを回る。ルイスにはいろんな客がついている。基本的にルイスの恋人になりたい女ではあるが、それぞれルイスに求めるものが違っているから、ルイスは客に合わせて最高の恋人役を演じる。

　まず一人目は、週に二度は通ってくれる愚痴を聞いてほしいキャバ嬢。店が近所なのに此処で愚痴っていいのかと思うが、よく飲んでよく喋り、よく高い酒を入れてくれる。

　この客は同業者ということもあり、ホストが本当の恋人にならないと解っている。その代わり店にいる間はとことん話を聞いて同調してほしいようだから、ルイスは頷きながら女の味方になってやる。

「……で、その客、お酒も入れてくれないくせに説教だけは一人前なの。そもそもキャバのこと見下してんだよ。でも笑顔で返さなきゃだしさ」

「ほんっとミナちゃん偉いわ。そんな客に笑顔返せるなんて、それだけで百点じゃん」

「でしょお？」

「そんな奴、俺がいたらガツンとやってやんのに」

「どうやってガツンってするの？」

「ミナちゃんの肩抱いて、俺の女に何すんのって顔でそいつを見る」

「見るだけなの？」

「何もしなくても、俺なら顔面偏差値で殴れるから」

「ルイスのそういうところ大好き」

　腕に抱きついてくる女の相手を暫くして、次のテーブルに向かう。

二人目は、ちょっと自分に自信のない主婦。最近友人に誘われてクラブに来てすっかりハマったようだが、主婦という立場上カネが自由に出来ず、あまり大きな額を落とすことはない。それでもたまに高いボトルを一生懸命入れようとしてくれるし、引け目からか友達を連れてきてくれるから、中々にありがたい。

「私なんかより、ずっとたくさん高いの入れてる人いるもんね。私なんかじゃ全然ルイスの売上に貢献出来てないでしょ」

「そんなことないって。こうやって会いに来てくれるだけで、俺凄ェ嬉しいから」

「ホントに？」

「当たり前じゃん。先月俺が苦しかった時、リシャール入れてくれたじゃん。俺、マミさんが家で大変な思いしてるの知ってるから、そういうの関係なく此処に来て楽しんでほしいだけなのに。けど、凄ェ嬉しかった」

優しく微笑んで手を握ってやると、あまり慣れていない女は頬を染める。今すぐに高い酒を入れてはくれないが、こういう「嬉しい」を伝えることが次の大きな売上に繋がる。

それから、大口顧客の女王様気質の女社長の席に長居して、最近顧客になった風俗嬢、それに毎日の仕事に疲弊（ひへい）している丸の内ＯＬの席を回る。それぞれ対応の仕方は違うが、同じなのは話をしっかり聞いて、優しく微笑んで「好き」を伝えて、会えて嬉しいと「ありがとう」を囁くこと。

　そうすれば、客は大抵高い酒を入れてくれる。

　そんな「見込みのある客」にだけ、ルイスは愛情を注ぐ。注いだ愛情が金になるという解り易いビジネスだからこそ、ルイスは優しく甘い言葉をいくらでも吐ける。

　やがてルイスが伊織の席に戻ったのは、二時間後のことだった。

　だが、自主的に戻ったわけではない。他の客の接客をしていると、エンペラーに声を掛けられたのだ。

「俺がこの席は繋いでおくから、ルイスは伊織クンのとこに行ってきな」

　耳打ちされ、ルイスは眉間に皺を寄せつつエンペラーを見る。

「は？　何でだよ」

「伊織クンはルイスの客だろ？」

「そうだけど」

「さっき話し掛けたら、ルイスの金で飲んでるって言われたからさ。なら高いのから順にジャンジャン入れちゃいなよって言って、結構飲ませちゃったんだよね。そしたらホラ」

　エンペラーに目線で後ろを指され、ルイスもそちらを見る。するとソファにくたりと頭を乗せた伊織がいた。

　伊織はピクリとも動かない。表情は見えないが、明らかに眠っているのが解る。

「美味しそうに飲んでたけど、結構お酒弱かったんだね。ごめんごめん」

「ア、アイツ……」

ルイスは立ち上がる。

すかさずエンペラーがルイスの代わりに席につき、客と話し始めた。エンペラーは話も上手いしこの店のナンバー1だから、繋ぎとしては申し分ない。とは言え席にいる女はルイスの客で、いつまでも放置は出来ない。

「おい伊織！」

急いで伊織の席まで行って、目を閉じる伊織の肩を揺する。見れば伊織は顔を赤くして、気持ち良さそうに眠っている。

「おーい伊織くーん？　クラブは寝るとこじゃねーんだよ。起きろ」

もう一度ガクガクと肩を揺すってみるが、伊織は目覚める様子がない。

「おい伊織！」

鼻を摘んでみたが、伊織からの反応はない。どれだけ深い眠りなのかと呆れていると、近くの席の客がクスクスと笑って指を差す。

「マジかよ」

ルイスは深く溜息を吐く。

そんなルイスを他所に、伊織はすやすやと寝息を立てている。

「マジで、何なんだお前は……普通、寝るかここで？　寝ないだろ?!」

同僚のホストの笑い声が聞こえ、通路ではスタッフがそわそわと戸惑っている。困惑しているのはルイスも同じだが、自分の連れてきた客である以上、このまま放置することも出来ない。

「陸上さん、コイツバックヤードに運んでいいですか？」

ルイスは伊織を抱えつつ、近くにいたスタッフの陸上に尋ねる。陸上はすぐに通路のドアを開け、奥に通してくれた。

＊　＊　＊

伊織をバックヤードに運んで長椅子の上に寝かせ、その後再び仕事に戻って終えたのは深夜一時。

（マジかよ……）

伊織はまだ眠っていた。

後輩のホストはザワついていたが、エンペラーは壁に手をついて笑っていた。この男はルイスが困っている姿が楽しいらしい。だがナンバー1になるくらいだからそれなりに面倒見が良く、全てのスタッフを帰したあとに一応心配して声を掛けてくれた。

「どうするルイス？　タクシーで送らせるなら呼ぶけど」

「いや、コイツの家知らねぇんだよ。今日はウチに連れて帰るわ」

何にしてもタクシーが必要だと素直に甘えて呼んでもらうと、遺体のように重い身体を抱え上げて運ぶ。

それから自宅に戻った。マンションに着くと、ルイスはひとまず伊織を寝室に運んだ。自分が使っているセミダブルのベッドに落とし、漸く一息吐く。

三〇階の部屋の窓からは、一面夜景が広がって見える。一瞬、呆然とその光を眺めたが、そのままではまずいと思い伊織の服を脱がしに掛かった。

恐らくサイズはルイスと変わらない。ベッドの上を転がし寝衣(ねまき)を着せて、ジャケットとパンツを丁寧にハンガーに掛ける。最後の仕上げにペットボトルの水を置いて、ルイスは部屋を出た。

リビングにはカウチソファがある。それなりに大きいから、一晩くらいそこで眠っても問題ない。

翌朝。

流石に熟睡出来なかったルイスはいつもより早い時間に目覚めた。時計を見るとまだ六時だ。寝室を覗くと、まだ伊織は眠っている。小さな寝息を立てている姿は、起きている時よりあどけない。

遮光カーテンから光が漏れていたため、しっかり閉め直して再び部屋を出る。暫く目覚めないだろうから、先に食事を作ることにした。酒を飲んで潰れた後なら、消化のいいものが良いだろう。冷凍庫から鶏むね肉のミンチを取り出し、大根と人参を微塵切りにして雑炊を作る。

（我ながら美味い）

料理が好きなわけではない。だが一人暮らしが長いせいで、凝った料理は出来ずとも大抵のものは作れる。

ルイスは器に雑炊をよそった。伊織はまだ起きてこないだろうから、先に食べてしまった方がいい。それからもう一眠りしようと思ったが、予想に反しリビングの扉がガチャリと開いた。

「お、起きた」

開いた扉の前に立つ伊織は、寝癖に加えていつものスーツではないせいもあり、だらしなくて可笑しい。

「早いな、昼まで寝てるかと思ったわ。おはよ」

「おはようございます。此処、どこですか？」

「何処だと思う？」

「ルイスさんの家」

「正解。じゃあ何で俺んちいるか解る？」

見たところ、二日酔いというほど具合が悪そうではない。恐らく記憶は飛んでないのだろう。その証拠に、伊織はしばし沈黙した後「すみません」と小声で呟いた。

「いいよ」

ルイスはヒラヒラと手を振る。

「エンペラーに、面白半分に飲まされたんだろ。けど、グロッキーになってなくて良かったわ」

「元々、お酒にはそれなりに強い方なんですけど」

「ホントかぁ？　つーかあんなぐっすり寝て起きねぇ客、いねぇからな普通」

「お陰様で、とてもスッキリしました」

「そりゃ人の金で飲んであんだけ寝たら、誰だってスッキリするよ」

これ見よがしにハァと溜息を吐いてから、ルイスは手元に雑炊があることを思い出す。

一人で食べようと思っていたが、伊織が起きたのなら一緒に食べるのがいいだろう。

「朝飯、作ってるけど。食える？」

「ルイスさんが作ったんですか？」

「俺以外に作る奴いねーだろ。俺ってそんな料理しなさそうに見える？」

「しそうには見えなかったです」

「よく言われる。ってことで、これでポイント加算だな」

「ポイント？」

「料理が出来る意外性で、俺のポイントアップしただろ？　ちょっとは尊敬出来るとこ見つかったんじゃね？　何たって、グデグデのお前の服脱がして着替えさせたのも俺だし」

びしっと指さしてやると、伊織は「ありがとうございます」と恥ずかしげに袖口を握る。

それからダイニングテーブルに着いた伊織に、雑炊を出した。伊織は木製のスプーンで雑炊を掬い、フーフーと吹いて冷やして口に運ぶ。感想が聞きたくて「どうだ」と尋ねようとしたが、その前に伊織が口を開いた。

「美味しい……」

一口食べるなり、伊織がぽつりと呟く。もう一口頬張ると、また「すごく美味しい」と言った。

意外だった。いつものようにひとつふたつ苦言を呈されると思っていたから、妙に気恥ずかしくなってしまう。

「美味いのは、当たり前だろ。俺が作ったんだから」

褒め言葉を振り払うように、ルイスもがつりと雑炊を食べる。すると伊織は一度スプーンを置いて、頬を緩めた。

「最近、何かを食べて美味しいと思ったことがなかったんです」

「はぁ？」

ルイスもスプーンを止め、眉を寄せる。

「お前、金持ってんのにイイもん食ってねーの？」

伊織は恐らくそれなりの所得がある。いいスーツを着ていい仕事をして、副業までして名前で検索するとウェブ上にはいくつも伊織のことを書いたサイトがある。何かとケチをつけるところがあるから、好きな食べものはフォアグラとトリュフで、ホテルのシェフのオムレツ以外は認めないのではとすら思っていた。

「あ、もしかして忙しいからカップ麺ばっかかとか？　そういう食生活続けてると体壊すぞ」

「ふふ、お母さんみたいなこと言いますね」

「お母さんみたいなことさせてんのはお前だろ」

「確かにカップ麺を食べることも多いんですけど、そもそも一人で食べてばかりだったんですよね」

伊織は再びスプーンで雑炊を掬い、また吹いて冷やしては口の中に運んでいく。

「昨日のように誰かとお酒を飲んだのも、いつ以来だったか……だからちょっと楽しくなってしまって、飲み過ぎたのかもしれません」

「お前、友達いねーの？」

「そうですね、あまりいない気がします。私の付き合いが悪いせいなんですけど」

「いや、そこは否定しとけよ。言った俺が気まずいだろ」

ルイスはパクパクと自分の分を食べて、席を立つと茶を淹れに行く。すぐに席に戻ると、伊織は器の中のものをきれいに平らげていた。米粒ひとつ残っていないことに、ルイスは少し感動する。

器を退けて代わりに茶を置いてから、「そうだ」とルイスはスマートフォンを取りに行った。伊織のものもポケットにあったはずだとスーツから取り出して、リビングに戻る。それを伊織に手渡すと、ルイスの意図を理解できなかったのか首を傾げた。

「何ですか？」

「住所教えろ」

ルイスは返す。

「住所？」

「お前の住んでるとこだよ。アプリのアカウント交換はしてるけど、住んでるとこはお互い知らないだろ。何があるか解んねぇし、交換しとこうぜ」

「何かって何ですか」

「おーい、それお前が言う？」

「すみません」

「まぁ今回みたいな潰れ方をまたするとは思えねぇけど、俺たちはプレイだってするわけだから、何かあったら困るだろ。プレイ激しくなったら気絶とかする奴もいるって言うし」

「成程。ですがまだコマンドの一つも成功してないですよね」

「う……っ、けどそれはお前がなぁ！」

恥辱を思い出して、ルイスは拳を握って震わせる。だがすぐに力を抜いて、はぁと溜息を吐いた。元々は溜息の少ない方なのに、伊織といると数が増える。

「まぁでも、今回のことで少しは俺のこと尊敬する気になったんじゃねーの？」

ナンバー3という点は、恐らく加算されていない。だがそれなりに面倒を見てやったのだから、評価をしてくれてもいい気がする。

「どうなんだよ」

「そうですね、少しだけ」

「少しィ？　お前、昨日ドンペリ入れたんだからその分もポイント加算しとけよな。俺が席離れてから入れたやつ、いくらするか解ってんのか？」

「いくらですか」

「ゴールドだから五十万」

「凄い値段ですね。加算しておきます」

「よし」

伊織はくすくす笑っている。

ホテルで会っている間は、こういう伊織を見ることはなかった。伊織は尊敬出来る相手としかプレイ出来ないと言うが、要するに相手を知らないことが問題な気がする。プレイの時間だけでは、相手のことが解らない。あくまでも数値化された口コミ評価やドムの支配力を示す数値だけでしか測れない。それだけで素直に相手に膝を折るのが、難しいというのは解る。

それはルイスも同じだった。伊織をクラブに招待しなければ、こういう伊織の柔らかな雰囲気を知らないままだった。

（笑ったら、ちょっとカワイイじゃん）

自分より年上のはずなのに、何処か子供っぽい。そんな伊織を見ていると、ドンペリ代とタクシー代とあれこれの手間を含めても、伊織を招いて良かったと感じる。

＊＊＊

伊織をマンションに連れ帰って送り出した、その二日後。

ルイスは遊馬のバーにいた。この日、ルイスは午後七時からの勤務になっている。開店は五時だがルイスは遅出で、こういう日は遊馬の店で軽食を食べてから仕事に行く。

「――って感じで、もう大変だったんですよ。遊馬さん、泥酔した人間担いだことあります？　あれマジで死体みたいで重くてやばいですから」

「俺は昔、お前を担いだことがあるよ」

「うっ、そうでした」

焙じ茶にサラダサンドにゆで卵。バーで出てくる料理とは思えないが、それらを頬張りながらルイスは遊馬に愚痴っている。話しているのは、伊織のことだった。眠った客をバックヤードに運ぶなど前代未聞で、昨日も控え室でエンペラーがネタにして笑っていた。悪いのはルイスではないのに、ルイスが笑いのネタにされるのは腹立たしい。

「けど、驚いたな」

サンドイッチに齧り付いていると、正面カウンターで遊馬が微笑む。

「へ？　何がですか？」

「伊織が寝たことだよ」

「いや、それは俺もめちゃくちゃ驚いたっつーか、俺以外のキャストも驚いてたっつーか」

口の中のものを茶と一緒に飲み込んでから、ルイスは再び口を開く。

「あれは寝たって言うレベルじゃなくて、もうグッスリですからね。俺が揺すっても担いでも全然目ェ覚まさなかったですし、何なら俺の家でも朝まで一回も起きなかったし」

「凄いな」

「凄いですよ。あいつ繊細そうに見えて、かなり図太くないですか？」

「それはどうかなぁ」

曖昧（あいまい）に濁して、遊馬は苦笑する。遊馬は伊織と友人だと言っていたが、伊織は友人が少ないと言っていた。遊馬は伊織が誰かと親しくしていることが、嬉しいのかもしれない。

「そういや、前から聞きたかったんですけど」

カラになった皿をカウンターに戻して、ルイスは頬杖をつく。

「遊馬さんと伊織って、どういう関係なんですか？　普通に生活してたら接点なさそうに見えますけど」

「確かにそうかもしれないな」

「昔ご近所だったとか？」

「いや、実はルイスと同じなんだ」

「俺と同じ……？」

ルイスは首を傾げる。

「ってことは、アイツも泥酔してたトコ拾われたってことですか？」

「泥酔はしてなかったけど、うちの店の近くで倒れてたんだ。この辺りはドムサブ向けのクラブも多いだろ？　だからたまにクラブに来てたらしくてね」

ドムサブ向けクラブというのは、ダイナミクスを持つ人間だけが入れるプレイクラブのことだ。プレイをショーとして見せている店もあるし、指名出来る専属のドムを何人も抱えた店、単なる出会いの場として運営している店もある。クラブの中にはバーも併設されていて、プレイ目的ではなくコミュニケーション目的で来訪する者もいる。

ルイスのように個別に指名を受けるのではなく、オープンな場で相手を探すドムやサブも多い。ルイスはプレイクラブを利用することはないが、伊織のように相手を知ってからプレイをしたい人間は、プレイクラブの方が向いている。

だから伊織が歓楽街をうろついていたのは解るが、それにしても遊馬は人が好い。自分も拾われたのだから言える立場ではないが、普通こんな歓楽街で倒れている人間を介抱してやろうとは思わない。

「え？　じゃあ恩があるのって、伊織の方じゃないんですか？　遊馬さんが頼んでくるから、てっきり遊馬さんの方が世話になってるのかと思ってましたよ」

「別に恩返しをしてほしかったわけじゃないんだが、もう恩は返してもらってるからな。ルイスの言う通り、世話になってるのは俺の方だよ」

「へ？」

「この店」

くるりと、遊馬は店内を見渡す。

この店は席数こそ多くないが、いつも賑わっている。今は早い時間のため客は少ないが、深夜まで大抵満席で、しかも歓楽街のわりに客層が落ち着いている。内装がシックで雰囲気がいいせいもあるのだろう。歓楽街独特のギラギラした空気がなく、店内はまるで英国の洒落たバーのようだ。

「今でこそ、それなりに賑わってるけどな。始めた当初は、あまり流行ってなかったんだ。内装も今みたいな洒落たものじゃなかったし、どう人を呼び込んでいいのかも解らなくてビラを撒いたりもした。なかなか苦しい時期だったよ」

「そんな時代があったんですか」

「伊織と知り合ったのはその頃だ。で、ちょっと拾って飯を食わせてやっただけなのに、随分恩を感じてくれたみたいでな。礼だと言ってよく客を連れてきてくれたよ。取引先の人間だと言ってたが、結構な大物がチラホラいた。今もその大物の伝手で来たみたいな客が一定数いるから、今のこの店があるのは伊織のお陰だ。それに」

と、遊馬の話はまだ続く。

「この店内の内装を作ってくれた人も、伊織の紹介だ」

「えっ」

「この店、そこらのバーより抜群にカッコいいだろ。伊織の紹介で有名なデザイナーが来てくれて、無償でアドバイス貰ったんだ」

「ま、マジすか」

「マジだ」

「はぁ、あいつの人脈どうなってんですか」

両手を組んでテーブルの上に置き、ルイスは項垂(うなだ)れる。

「自分が認めた相手としかプレイ出来ないっつーけど、そんな凄ェ奴ばっかかってハードル高すぎますよ」

「ハハハ、そうかもな」

「いや、全然笑いごとじゃないんですけど」

「でも伊織はルイスが嫌とは言わないだろ？」

ルイスはそこそこ深刻に事態を捉えているのに、遊馬はむしろ喜んでいるように見える。

「ルイスが駄目なわけじゃないと思うよ。だからルイスには負担になってるかもしれないが、もう少し気長に付き合ってやってくれると嬉しいな」

「勿論、そのつもりですけど」

進展がゼロだとは思わない。先日のことで少し分かり合えた気がしたし、遊馬の言うように気長に付き合っていれば、そのうちルイスを尊敬とまでは言わずとも、ルイスなら構わないと伊織が思う日が来るかもしれない。


——そう思っていたが。

ルイスの思惑に反し、その後も何も変化はなかった。

今は週に三度にペースを上げて、プレイを試みている。だが相変わらず「ニール」のコマンドは虚しく部屋に響き渡り、ルイスの発音とマッサージの腕だけが磨かれていた。

ここ二週間ほど、ルイスはドムとしての仕事を一切していない。伊織に割く時間を増やしているためだが、そのせいでドムとしてのストレスが蓄積されている。そろそろどうにかしなければという、焦りもある。

だが一ヶ月以上も試しているうちに、解ってきたこともあった。

コマンドに対して、伊織は全くの無反応ではない。

確かに伊織は膝をつくことがないし、「ルック」と言っても自分から視線を逸らすからルイスの支配は及んでいない。だがコマンドを発したその直後、一瞬だけ伊織はピクリと反応している。

サブの本能がないわけではないのだろう。ただ「支配されたくない」という感情と理性が、その先の行動を止めている。

ダイナミクスを持っている以上、プレイが出来なければ支障をきたす。だから伊織は困っているし、プレイをしたくないわけではない。毎回ルイスと次の約束をしているくらいだから、やる気はあるはずだ。

それならば、ただ同じことを繰り返す以外にもルイスには選択肢がある。

深沈香。

そういうダイナミクス持ち向けの「香」がある。ダイナミクスを持つ者に対して、「従属と支配の本能が高まる」特殊な効果があるものだ。名前の通りプレイに深く沈むためのものので、セックスにおける媚薬に近い。

香の匂いは独特で、好きずきがある。香を焚（た）くことでサブもドムも深くプレイに入り込んでしまい、特にサブは長時間抜け出せなくなるという弊害もある。

だから普段、ルイスはこの香を使わない。そんなものを使わなくても相手を満足させることが出来たし、何より一度香を焚くと部屋から匂いが消えるまでに時間が掛かるから、短時間で複数の相手をする場合などには向いていない。

だが今は伊織以外を相手にしていないし、プレイも成立出来ていない。深沈香を試してみるという選択は悪くないだろう。何より自分のストレスを考えると、そろそろプレイを成立させたい。

夜十時二十五分。

ルイスは約束の時間の少し前にプレイルームに入り、香に火を点けた。円錐（えんすい）型のもので、下にいくほど燃える面積が広くなり香りも強くなる。今から焚いておけば伊織が来る頃には香りが強くなり、プレイを始める時間には部屋に香りが満ちる。

それから五分後の十時半になって、伊織は部屋に現れた。今日は少し明るい色のスーツを着込み、しかしいつも通り疲れた顔をしている。

「お待たせしました」

「待ってねぇよ。時間通りだ」

プレイルームの扉は閉めている。だからリビングにまで、香りは及んでいない。いつものように用意が出来たら来るよう伊織に告げ、ルイスは先にプレイルームに向かった。部屋の中は甘く重い香りで満ちていて、ルイスも少しクラクラする。

それから間もなくして、伊織が扉を開けた。

だが、部屋に入ってこない。伊織は顔を強張らせ、視線を彷徨（さまよ）わせている。香りに気づいたのだろう。そしてすぐに反応したということは、恐らくこの匂いに覚えがある。

「これは……？」

「深沈香だよ」

「それは知っていますが」

指示をしていないにもかかわらず、伊織は勝手に部屋の奥に進む。

「今までは、こんなもの使っていなかったでしょう」

「今まではな。けど何の進展もねぇんだから、試してみる価値はあるだろ」

伊織からの返事はない。

代わりに伊織は焦った表情で部屋を見渡して、香の場所を見つけると足速に駆け寄った。

ベッドサイドのテーブルの上。皿の上から緩やかに白い煙を漂わすそれを見て、伊織は眉を寄せる。隣に置いてあったペットボトルを持つと、キャップを開けて中身を香に掛けた。小さくジュッと音を立て、香の煙の帯が消えていく。

「おい！　何してんだ！」

「こんなもの使わないでください」

　勝手な行動に、ルイスは不快を露わにする。

　本来、プレイルームで支配するのはドムで、サブは従属するもの。それなのに伊織は勝手に香を消し、ルイスに反抗している。

「は？」

　返す言葉に怒りが篭った。香に慣れていないため、ルイスも香にあてられている自覚がある。だが、強い口調が止められなかった。

「お前、俺とプレイがしたくて此処に来てんだろ」

「そうですね」

「誰とも上手くいかなくて、それでもどうにかしたいから俺と毎度約束してんだよな」

「そうです」

「じゃあ、香焚いて試してみるくらいイイだろ。それとも、そんなに俺に支配されるのが嫌なのかよ」

「それは――」

「伊織」

ルイスは伊織を睨みつけ、同時に強く威圧する。

伊織は、ビクリと身体を震わせ硬直させた。

威圧は、殆ど無意識だった。一般的にグレアと呼ばれるそれを、普段ルイスは使わない。使う必要がない。そこまでサブに強制しようとは思わないし、ルイスに対して威圧を掛けてくるようなドムもいないからドムに対して使うこともない。

だが今はこの従属しないサブへの苛立ちから、グレアを抑えきれなくなっている。

「ニールだ」

コマンドを放つ。

同時に伊織は身体をガクンと揺らし、床に片膝をついた。

プレイ用の絨毯は柔らかいから、構えなく倒れても痛みはないだろう。むしろ普通、サブは命令されれば喜んで膝を折って尻をぺたりと着ける。

それなのに半強制的な命令とは言え、伊織の表情に快楽はなかった。片膝だけを床に突き、肩を震わせ手を床につき、必死に身体を支え顔を歪めている。

その様子に、ルイスは苛立ってベッドから立ち上がった。

「お前さぁ」

声が震える。腹から湧き上がる衝動を、抑えられない。

「俺のこと、馬鹿にしてんの？」

怒りのせいなのか興奮のせいなのか、ルイス自身にも解らない。

「ま、他のやつともプレイ出来てなかったって言ってたから、お前が馬鹿にしてんのは俺だけじゃねぇんだろうけど」

「私は、馬鹿にしてなんか――」

「じゃあ何なんだよ。大体、お前はプレイが出来ないんじゃねぇだろ。したくないだけだ」

未だ、伊織は片膝をついている。

立ち上がることも出来ず、座ることも出来ていない。香の力もあって本能はペタンと尻を着きたいだろうに、それが出来ないのは伊織が必死に理性で制御しているからだ。

やはり問題は、伊織の考え方や価値観にある。

「お前は、自分より馬鹿な奴に支配されることが耐えられないんだ」

初めから従属する気などない。

従属するのが嫌で、本能が求めているのに必死に耐えている。そんなサブとプレイを試みても、上手くいかないに決まっている。

「そりゃ、お前の気持ちも解るよ。俺だってホストやってて、クソみたいな先輩に頭下げる時は腹ん中じゃクソ野郎って思ってたし、大して金も払わねぇ客にあれこれ強請られたらイラッとする。自分が認めない奴の命令に従うのは、心底腹立つしムカつくよ。お前がプレイ出来ねぇのは、それと同じ理由だ。俺が酒飲むしか能がねぇ頭カラッポのホストだって思ってるから、俺に従うのが耐えらんねぇんだ。そうだろ？」

「そんなことは――」

「もういい、やめだ」

伊織を置いて、ルイスは部屋の出口に向かう。ついでにエアコンの送風ボタンを押し、風を流した。この方が、早く香りが散る。

「伊織」

出口に立ったまま、ルイスは伊織を見る。

ぴたりと視線が合う。

アイコンタクトは出来る。だがもう意味はない。

「もう、出てけ。これ以上続けても無駄だ」

「ルイスさん、私は――」

「お前もダイナミクス持ちなら解るだろ？　俺も、ストレスの限界なんだよ。俺だってこの香に少なからずあてられてる。このままお前と此処にいたら、俺までおかしくなる。けど、お前に無理矢理乱暴したいわけじゃねぇしな。だから、早く出ていけ」

伊織が息を呑み、大きく目が見開かれる。

だがすぐに俯くと、視線を落とした。瞬きをすると、黒く長いまつ毛が揺れる。

小さく息を吐いて動かずにいたが、やがて伊織は口を開いた。

「そう、ですね」

ゆっくりと、伊織は腰を上げる。

少しふらつきながらテーブルに手を掛け、のそりと立ち上がった。

「すみません。プレイが出来ない辛さは、私が誰より解っているはずなのに、ルイスさんに無理ばかりさせてしまって」

とぼとぼと、足取り重く伊織は出口に向かう。

「長い間、お付き合いありがとうございました」

伊織は下を向いたまま、呟いて部屋を出る。ルイスはその言葉に何も返すことなく、視線も向けずに見送った。

＊＊＊

「あのぉ、ルイスさん。今度は個人的にお会い出来ませんか？　アタシ、こんなにプレイで気持ち良くなれたの初めてで、すごくルイスさんと相性がいいと思うんです。だからこれからもプレイするならルイスさんがいいっていうか」

伊織との関係を断ち、久しぶりに仕事としてサブの相手をした夜。

ドムの欲求が満たされる代わりに、面倒なことを言われた。

今までにもそういう経験はある。密室で二人だけでプレイをすれば、主人の特別になったと勘違いするサブは一定数出てくるし、おかしなことではない。だからそういう特別を求める人間は、パートナーを作ったり恋人を作ったりする。

だが、ルイスはそういうものを求めていない。

「俺、そういうのやらないって注意書きに書いてたよね？」

登録しているサービスに、金銭を伴うプレイ以外はしないと太字で表記している。

「パートナー探してるなら、他あたって。ハルナちゃんなら素敵な相手がすぐ見つかるよ」

にこりと営業スマイルを向け、女をホテルから追い出す。それからベッドに戻って、深く溜息を吐いた。

久しぶりにまともなプレイが出来て、ドムとしてのストレスは解消された。だが同じ部屋で最悪の別れ方をした男が頭を過り、別のストレスが腹の中に溜まる。

あれから、一週間が経っている。伊織からの連絡はなく、ルイスからも連絡をしなかった。だから今伊織がどこでどうしているのか、ルイスは知らない。きっと今も、プレイが出来ずに困ってはいるのだろう。

だが、ルイスが何か行動することはなかった。

やれることはやった。それでも目的が達成出来なかったのは伊織に問題があると思ったし、これ以上続けるのは無理だった。

罪悪感がないわけではない。最後は香とストレスのせいもあったとは言えキツい言い方をしたし、何より「遊馬に頼まれていたのに」という想いがある。

自然と、バー『炎』からも足が遠のいた。遊馬に合わせる顔がない。遊馬は伊織と親しいようだったから、伊織からことの顚末を聞いて失望しているかもしれない。

それでも伊織と連絡を絶って二週間後。ルイスが『炎』に行くことにしたのは、エンペラーから声を掛けられたからだった。

「遊馬さんが顔見せないのかって心配してたぞ」

わざわざエンペラーを通して伝えてくるということは、遊馬はルイスの来店を待っているのだろう。流石に、これ以上逃げることも出来ない。

ホスト仕事もドム仕事もない日、比較的混まない開店直後を選んで、ルイスは『炎』に向かった。最近は気分が乗らなくてドムの仕事を控えているから、時間に余裕がある。

「最近、顔を見せなかったじゃないか」

「仕事が忙しくて――」

店に入るなり声を掛けてきた遊馬に、ルイスは言い訳じみた返事をする。だが言い切る前に、言葉を飲み込んだ。そんな言い訳をするために、此処に来たわけではない。

「いえ、そうじゃなくて……遊馬さんに顔向け出来ないって思って、来れなかったんです。せっかく遊馬さんに頼られたのに、俺、全然力になれなくて。すみません」

「伊織のことか」

「はい」

「俺が怒ってると思ったのか？」

「怒ってないけど、失望してるとは思いました」

「はは、そんなことで失望するわけないだろ」

遊馬は苦笑する。

「いつも来てる客が急に来なくなったら、何かあったんじゃないかって心配するだけだ」

ちらりと見ると、仕事前に立ち寄ったのかカウンター席にエンペラーがいる。だがいつものように茶化してくることはなく、無言で座っている。

ウイスキーをロックで頼むと、遊馬はすぐに出してくれた。

「ルイスにも手間を掛けたな」

綺麗な琥珀(こはく)色のそれを一口飲んだところで、遊馬は静かに口を開く。

「伊織に掛りっきりで、他のサブとプレイ出来てなかったんだろ？　エンペラーからお前がイラついてることが増えたって聞いてたから、心配してたんだ。悪いことをしたな」

「俺は、手間なんて――」

ルイスは俯く。

伊織の相手をするのを手間だと思ったことはない。確かに面倒な男だとは思った。こんな客がいたら絶対に鬱陶しいはずなのに、不思議と伊織にそういう感情を持ったことはなかった。ドムとサブとしてはともかく、人間としてはそれなりに相性が良かったのだろう。

「そんな風に、思ったことはないです。ただ他のドムとどうにもならなくても、俺なら大丈夫だろって思ってたところはありました。俺の自信過剰だったんですけど。だからそれがショックっていうかストレスになって、イラついてたってのはあったと思います。ムキになって他のサブとプレイをしなかったのも俺の判断だし、それも悪かったのかも」

「そうか」

「すみません」

「俺も――」

遊馬は謝罪には反応せず、ショットグラスを拭きながら口を開く。

「俺も、ルイスなら伊織と上手くいくんじゃないかって思ってたよ」

「え……？」

「伊織があんなに続いた相手は、今までいなかったからな」

「続いたって言ったって……」

ルイスは苦い気持ちになる。

「俺、プレイ全く出来てないですよ。結局最後までニールのひとつも出来なかったですし」

それで続いたとは普通言わないだろうと思うが、遊馬はそれでも凄いのだと否定する。

「伊織はどんな相手でも、一度ダメならそれで諦める。諦めが早いんだ。失敗体験を重ねてきた結果なんだろうけどな。だから何度も会おうとしたのは、お前が初めてだった」

「それは、遊馬さんの紹介だったからじゃないんですか」

「勿論それもあるだろう。だが義理立てなんて、精々三回くらいまでだろ。何度もお前と会ってたのは、本人の意思だったと思うよ。何より、伊織はルイスの前で寝たんだろ？」

「寝た？」

「ルイスの家に連れ帰ったって言ってたじゃないか」

「あれは、ただ酔い潰れただけですよ」

「伊織はそんなに酒に弱くない。それに、そもそも寝れないしな」

「え……？」

「不眠症なんだよ。いつも顔色悪かっただろ？」

確かに、顔色は悪かった。だがそれは仕事のストレスと疲れのせいだと思っていたし、本人も不眠だなどと一度も言わなかった。

「初耳です」

「プレイが出来ない、ストレスのせいだ。ダイナミクス持ちじゃない俺には解らないが、プレイ出来ないってのは相当なストレスなんだろう？　そのせいで不眠症になってた。言わなかったのは、ダイナミクスによる不調を恥だと思ってたからだ。俺は伊織を拾った時に聞いてたが、俺以外の人間にはずっと隠してた」

「恥？　ダイナミクスによる不調なんて、誰にでもあることでしょう」

「そうなんだろうけどなぁ」

遊馬の言葉には含みがある。

恐らく遊馬は、伊織がルイスには話さなかった伊織自身のことを知っている。

「とにかく、伊織はずっと寝れなかった。なのにルイスの前では寝たんだろ？　少なからずお前を信頼してて、お前の側だと安心出来たんじゃないのか」

「ンなの、全然聞いてねーし……」

テーブルの上でグラスを握る手が、無意識に強くなる。

確かに、伊織との関係は最初の頃よりずっと良くなっていた。伊織はよく喋るようになったし、笑うようにもなった。それが可愛いと思うこともあったのに、ルイスはその関係性よりプレイが出来るか否かばかりを気にしていた。

香を焚いた時の嫌がり方だって、少し異常だった。何か理由があるのだと、追い出す前にもっと考えるべきだったかもしれない。

「クソッ」

拳で、ドンと木のカウンターを叩く。

「全部、言われなきゃわかんねーよ」

「言われなきゃ解らないから、万年ナンバー3なんだろ」

二つ離れた席のエンペラーが、鼻で笑う。

「うるせぇ」

悪態を吐きながらも、エンペラーの言葉を否定できなかった。言葉以上のことを、ルイスが捉えられなかったのは事実だ。

「遊馬さん、伊織に他のドムとか紹介しました？」

「いや、してないよ」

「じゃあ、今も伊織に相手はいないってことですよね？」

それなら、今も伊織は一人で困っているだろう。嫌な言い方をして別れてしまったが、まだ修復は可能な気がする。

「俺、連絡とってみます。伊織が応じるか解んないですけど、今度は――」

「待て、ルイス」

ルイスがスマートフォンのロックを解除していると、遊馬がその手を止めてくる。

「俺は紹介してない。が、相手はいる」

「は……？」

まさか相手がいるなど考えもしなかったから、ルイスは呆然としてしまう。

「どういう意味です？」

「この店の近くに『ダブルシークレット』ってＳＭクラブがあるだろう」

そのクラブの存在はルイスも知っている。ダイナミクスを持つ人間専門のクラブで、プレイルームだけでなくショーステージも備えた大型のクラブだ。

「昔から、伊織が通ってる店だ。毎週水曜の夜はそこにいる。今日もいるだろう」

「待ってください、伊織ってプレイ出来ないんですよね？」

「ああ」

「じゃあ、行く意味なくないですか？」

「まぁそうなんだが、色々ある」

遊馬は言葉を濁した。

その苦い表情から、嫌な予感がした。遊馬はその毎週通っている状態を良しと思っていなかったから、ルイスに伊織のことを頼んだのだろう。

「そのクラブに、行ってみます」

今日は水曜。事態はよく解らないが、とにかく伊織は『ダブルシークレット』にいる。ルイスは飲み掛けのウイスキーを残したまま、席を立った。

＊　＊　＊

遊馬の店を出て右に折れ、小路を進んだところに『ダブルシークレット』はある。

裏通りにあるが、怪しい店ではない。入口にはスーツの男が立っており、客の身分証明書を確認している。プレイを必要としない人間を入れないよう、制限しているのだろう。

ルイスは身分証明書を見せ、中に入った。

店内は独特の雰囲気だった。壁が黒いのはルイスの働くホストクラブと同じだが、ピンクや紫のネオンが毒々しく店内を照らしている。暗い通りを抜けると大音量で音楽が流れるバーフロアがあり、酒を片手に男女が談笑している。だがルイスはこの雰囲気に、いまひとつ馴染めない。

この店の客は酒を飲むためではなく、プレイをするために来ている。ハプニングバーのように人目を気にせずプレイを始めることはないが、それにしても「相手を物色している」空気が強い。

慣れない店内を歩いていると、ルイスは何度も声を掛けられた。ドムの札を首から下げているわけではないが、雰囲気で相手の属性は何となく解る。ルイスを誘ってくるのは、すべてサブだった。

群がる人間をかき分けて、ルイスは伊織を探す。それなりに長身だから目立つはずだし、何より伊織が不特定多数とガンガンコミュニケーションをするようにも思えないから、バーカウンターを探せば見つかるのではとキョロキョロ見回す。

一人の男に声を掛けられたのは、一通りバーフロアを確認しても何の成果も得られなかった時だった。

「何かお困りですか？」

男はきっちりした黒いスーツを着ており、首から『スタッフ』と書かれたカードを掛けている。酒を飲むでもなく店内をうろつくルイスを見て、不審に思ったのだろう。

「お困りでしたらお手伝いしますよ」

「いや、ちょっと人を探してて」

「待ち合わせですか？」

「まぁそんなとこ……だけど俺はこの店初めてで」

「そうでしたか。待ち合わせでしたら、右通路の奥にプレイルームがあるのでそちらにいらっしゃると思いますよ。小窓から中が覗けるので確かめてみては？」

「ドーモ」

礼を返しつつ、言われた通り右通路の奥に向かう。そこにはオフィスの会議室よろしく扉が並んでおり、表に空室か使用中か予約中かが解るパネルがある。それにスタッフの言った通り、各部屋には小窓が付いていた。使用中の部屋の扉は大抵閉まっていたが、中には開いているところもある。ルイスはプレイを人に見せる趣味はないが、見られて興奮する者もいるのだろう。

　小窓を一つ一つ覗き、ルイスは伊織を探す。

　そこに伊織がいればいいと思いながら、いなければいいとも思った。もしプレイルームで見つかれば、それは伊織がルイスではない誰かとプレイしていることになる。

（いや、プレイ出来ないだろアイツは）

　それなのに、何故ルイスですら馴染めないこんな場所に来ているのか解らない。ルイスが登録している指名制のサービスの方が、余程合っている気がする。

　立ち並ぶプレイルームの間を、ルイスは通り過ぎる。予約中のパネルを見つけると中を覗き、もし伊織がいれば中に入ろうと思った。とにかく、一度話がしたい。

　そうルイスが思っていると、ついに目的の人物を見つけた。

　ただし伊織はプレイルームの中ではなく、外にいた。それもルイスより拳ひとつ分ほど背の高い、体格の良い男に抱えられている。

　ルイスは息を呑んだ。

　男は色黒で無精髭（ぶしょうひげ）を蓄（たくわ）えており、髪は真っ白に色を抜いていてかなりインパクトがある。それだけでなく、男の首からは見覚えのあるカードがぶら下がっていた。

　レグル証明書。

　黒地に赤いラインの入ったそのカードは、ドムの支配数値が二〇〇を超えた人間にだけ発行されるものだ。つまりこの男は、レグル。すべてのサブを支配出来る力を持っていることになる。

その男の腕の中には、ダラリと手を垂らす意識のない伊織がいる。

瞬時に、ルイスは事態を察した。

だが固まるルイスを気にすることなく、男は伊織を抱えたまま横を通り過ぎる。

「失礼、通らせてくれ」

「いや待て、待て待て待て」

ルイスは慌てて男を止めた。

「何だ？」

「何だ、はこっちの台詞(せりふ)だ。テメェ、そいつに何した」

「何って、運んでるところだ」

「んなの見たら解んだよ。その前に何したのかって聞いてんだ」

「ああ？　その前に、そもそもお前が誰なんだ。伊織の知り合いか？」

「そいつはなぁ、俺預かりのサブなんだよ！」

勢いに任せて、ルイスは男から伊織を奪おうと飛びかかる。だが男は簡単にルイスを躱(かわ)すと、同時に強いグレアを放った。

「……っ」

瞬時に、ルイスはガクンと膝を折り床に崩れる。

グレアを浴びたのは、初めてではない。以前仕事で相手をした女のパートナーらしきドムが、ホテルまで乗り込んできてグレアを放ったことがある。相手が弱いドムだったこともあり、ルイスへの影響はほぼなかった。

だがレグルのそれはレベルが違う。指先までビリビリする感覚があり、足にも力が入らない。証明書が発行されるくらい強いドムということが、肌で解る。

とは言え、このまま膝を折ってもいられない。ルイスは必死に立ち上がろうとして、しかしそれに気付いた男が再びグレアを放ち動けなくなった。

「おい、ここはドムが暴力振るっていい場所じゃねぇんだぞ。勘違いすんな」

「はっ、暴力振るってんのはそっちだろ！」

窘（たしな）める言葉と共に送られる鋭い視線に、胸を潰されたような感覚になる。

上手く呼吸が出来ず、息苦しい。それでもこの暴力に訴える男に伊織を渡すかという想いで、必死に言葉を紡ぐ。

「伊織を返せ」

「はぁ……」

必死に睨みつけるが、男は呆れた様子で溜息を吐く。

「まァた伊織のストーカーか。勘弁してくれ」

男は伊織を片手で抱き直すと、もう片方の手で耳元に触れる。

「加賀宮だ。警備の奴を呼んでくれ。今五番の前にいるんだが、また例のストーカーだ。ああ、すぐに頼む」

「は?!」

「あのな、俺はコイツ連れて医務室行かなきゃなんねぇから忙しいんだよ。お前の話は同僚が警察呼んで聞いてやるから、そっちで話しな」

そこまで話して漸く、ルイスは違和感に気づいた。男の耳には、イヤホンマイクが嵌っている。そして話し振りからして、この男は客ではない。

「待っ——」

立ち上がることが出来ないため、ルイスは這いずって男のデニムパンツの裾を掴む。見上げると、鬱陶しそうに見下ろしてくる男の首から下がるカードが見えた。

レグル証明書——と、そのカードがくるりと回った裏側に「スタッフ」の文字が見える。

「あ……」

裾を掴んで転がったまま、ルイスは男を見上げる。

「アンタ、スタッフなのか」

「ああン？　どう見てもスタッフだろうが」

「は、早く言えよ」

「ん？　俺を知らねぇってことは、この店初めての奴か？」

「そうだよ。俺は伊織を探してこの店に――ってオイオイオイオイ」

話している途中で、背後から腕を掴まれる。見ると二人の屈強な男がルイスを取り押さえており、その男たちの首にもスタッフ証がぶら下がっている。

「待てって！　俺、マジでそいつの知り合いでそいつ探してたんだよ。ストーカーじゃねぇから！」

ルイスが叫ぶと、色黒男は顎で男たちに指示をして、ルイスから手を離させる。ルイスは漸く自由になり、ぜぇぜぇと息を吐きながら男と向き合った。

「伊織の知り合いなのか？」

「そうだよ」

「どういう知り合いだ」

「どうって、『炎』の遊馬さんの紹介で何度かプレイ……は出来てねぇけど、プレイを試みた相手だよ。二週間前までだけど」

「二週間……」

男は少し考えて「もういい」と背後のスタッフに指示すると、伊織を抱いたままルイスの前まで来る。

「そういう話は、もっと早く言え」

「へ？」

「伊織を医務室に運ぶ。お前もついてこい」

急に態度を変えた男に、ルイスは呆然とする。だが「早くしろ」と言われ、ルイスは慌てて従った。


案内されたのは、白い壁の綺麗な医務室だった。毒々しいクラブの雰囲気からは想像もつかないもので、ベッドのシーツもアイロン掛けされホテルのように整っている。

男はベッドに伊織を下ろし、ブランケットを掛けた。次いでベッドを囲むカーテンを閉めるとパイプ椅子を持ってきて、ルイスと自分の分を置く。ルイスは部屋を見渡しながら、椅子に座った。

「こんな部屋があるんですね」

「普通のクラブじゃねぇからな。気を失う客もたまにいる」

「伊織みたいにですか」

「こりゃレアなケースだ」

男は改めて、「加賀宮だ」と名乗った。

聞けば加賀宮はこのクラブの専属ドムで、長年働いているらしい。

仕事内容はルイスと同様サブとプレイをして、金を貰っているという。

「さっきは悪かったな。また変な客かと思って、安全のためにグレアを使った」

「安全って、伊織の安全ですか？」

「そうだよ。たまに伊織には変な客が絡んでくるんだ。伊織の知り合いってことは、伊織がプレイ出来ないってのは知ってるよな」

「知ってます」

「誰ともプレイ出来ないサブって聞いたら、普通のドムはどうすると思う？」

「諦めるんじゃないんですか？」

「違う。何が何でも自分が服従させようとするんだ」

加賀宮は腕を組んで足を組む。筋肉質な上、身体が大きいせいで威圧感がある。

「だから伊織のことを知ったヤベェ奴が、伊織に寄ってくる。隠すように言ったから今は誰にも話してねぇみてぇだが、昔は俺以外の相手ともプレイを試みてたからな。その頃の噂で知った奴が、未だに来ることがある」

「そうなんですか……って、待ってください」

納得したところで、聞き捨てならないことがあったとルイスは身を乗り出す。

「伊織は、加賀宮さんとプレイしてるんですか」

「そうだよ。そのためにクラブに来てんだ」

「いや、でも伊織は……」

プレイが出来ないだろうと言い掛けて、そう言えばこの男なら可能なのだと思い出す。

レグルは、あらゆるサブを支配出来る。だから伊織にもコマンドを強制することが出来てしまう。それをプレイと呼べるのかは定かではないが、仮に成立しているとして、何故伊織が失神しているのかが解らない。

だがルイスが尋ねる前に、加賀宮が説明をしてくれた。

「そうだ、伊織はプレイ出来ない……つーより、コマンドに従えないって感じだな。けど俺なら強制力があるから、一応コマンドには反応する」

「それで、欲求を満たしてるんですか？」

「満たせてたら、サブドロップで気を失ったりしねぇよ」

加賀宮は、チラリと閉めたカーテンの方を見る。

サブドロップとは、サブがプレイにおいて強いストレスを感じた時に起こる現象だ。サブスペースが気持ち良くなるなら、サブドロップはその逆。痙攣(けいれん)を起こしたりパニックになったり、あるいは虚脱状態になり何も出来なくなる。気を失うのは、サブドロップの中でも一番酷い状態だ。

「サブとしての欲求は、ほぼ満たせてねぇって思った方がいいだろうな。けど、こういうプレイが本人の希望なんだ。サブドロップになって、気を失うまでプレイをしてほしい。俺はそう頼まれて、此処数年ずっと伊織に付き合ってる」

「は……？」

信じられない話に、ルイスは眉間の皺を深くする。

「何のために」

「眠れないんだとよ」

加賀宮は肩を竦める。

「不眠症だ。プレイ不全によるストレス起因のモンだろう。それがあんまり続くと、仕事にも支障をきたす。だから週に一度、気を失って寝るのがあいつのスタイルだ」

「はぁ?!」

「俺んとこに来るまでは、適当なとこで引っ掛けたレグルに相手してもらってたらしい。最初に会った時は首にも手にも痣があった。余程暴力的なドムだったんだろうな。だからもう他で探さないで、俺のとこに来いって言ったんだ。此処ならスタッフも大勢いるし、仮に何かあっても医者を呼んで対応出来る。得体の知れないドムでサブドロップになるより、幾分かマシだろ」

確かに、この施設はしっかりしている。先ほどルイスを捕まえたスタッフもそうだが、プレイにおける安全性が確保されている。そういう意味で、伊織がこの店と加賀宮を選択していたのは正しい。

（そういう暴力的なドムとプレイを繰り返してたから、プレイ出来なくなったのか）

プレイに対して恐怖を抱くサブは、少なからずいる。暴力とＳＭの違いを理解しない者はダイナミクス持ちに限らず存在する。だがドムの場合、サブを支配出来るという特性を持っているせいでたちが悪い。

「二週間前まで、伊織の相手してたって言ったな」

伊織がプレイを拒絶する理由を考えていると、加賀宮に声を掛けられる。

「暫く伊織が店に来なかったのはお前のせいか」

「そうだと思います」

「心配半分、安心半分だった」

深く息を吐いて、加賀宮は苦く笑う。

「いつまでも俺にサブドロップに落とされて満足するんじゃなくて、世界に一人でもいい。ちゃんとプレイ出来る相手が見つかればいいと思ってた。サブとドムのプレイは、本来互いの信頼関係で成り立つもんだ。今は商業化して足ツボマッサージみてぇな要領でサービス提供されちゃいるが、プレイの本質はただ命令して従って終わりじゃねぇだろ」

加賀宮の言っていることは解る。

きっとそういう「本当の意味での信頼関係で結ばれたパートナーとのプレイ」は、満たされ方が違う。

例えば同僚のエンペラーにはサブのパートナーがいて、その人とのプレイだけで満足出来ていると聞く。週に一度も出来ない時もあると言うが、エンペラーがストレスに苛まれているのを見たことがない。

　対するルイスは、一週間に何人ものサブを相手にしている。それは勿論金銭目当てという意味もあるが、何よりそれだけのプレイをしなければ満たされないからだ。

「だから伊織にもそういう奴が急に現れて、そのせいで店に来なくなっただけならいいと思ってた。けど、現実はそう上手くはいかねぇな」

　伊織との間に、信頼関係などない。

　プレイも成立しなかったし、ルイスは加賀宮の言うような特別な相手ではない。

　だが遊馬は、伊織はルイスを信頼していたのだろうと言っていた。本当のところは解らない。けれど今は、その言葉を信じたい。

「あの、加賀宮さん。伊織のこと、連れ帰ってもいいですか?」

　ルイスが尋ねると、加賀宮は目を大きくして驚く。

「伊織の住んでるとこ、知ってんのか」

「はい。前に、何かあった時のためにって住所交換してたんで。こういう事態を想定したものじゃないですけど」

「――そうか」

　加賀宮は少し考えてから返事をし、パイプ椅子から立ち上がる。

「念の為、お前の身分証明書のコピーを貰う。いくつか書類にサインしてもらって、身分を証明出来る奴に連絡を取る必要もある」

「わかりました。『炎』の遊馬さんなら話が早いと思います」

「よし、すぐにスタッフを呼ぶ」

加賀宮は先ほど同様イヤホンマイクを押さえると、何やらスタッフに指示を出した。

＊　＊　＊

「よく寝れたかよ、不眠症サラリーマン」

伊織がベッドで目を覚ますなり、ルイスは声を掛けた。

港区にあるタワーマンションの2LDK、三十二階。伊織の住まいはルイスのマンションと高さこそ変わらないが、窓の外に広がる風景は違う。リビングからは東京タワーが見えて、寝室からは船が行き交う東京湾が見える。

伊織をこのマンションに連れ帰ったのは、昨夜日付が変わってからすぐのことだった。その後ルイスは伊織を寝室に運び、着替えさせた。勝手に部屋の中を漁った。一瞬伊織に悪いと思ったが、もう鍵を勝手に探して部屋を開けているのだから、構わないだろう。それより窮屈(きゅうくつ)そうなスーツを着たままにしておく方が、ずっと良くない気がする。

伊織は何をしても目覚めなかった。サブドロップで気を失ったと聞いて心配だったが、呼吸は規則正しい。ショックで意識を失ったのは事実なのだろうが、今はただ眠っているだけなのかもしれない。

伊織が目覚めたのは明け方、朝日が遮光カーテンの隙間から入ってきた頃だった。

ずっと伊織を眺めていたルイスは、すぐに気づいた。座っていたラグの上から立ち上がり、伊織の前まで来る。

「ンン……」

伊織は眉間に皺を寄せ、ぎゅっと目を瞑ってから瞼を少し上げる。

ルイスがよく寝れたかと声を掛けると、パッと目を見開いた。驚いた表情でパチパチ素早く瞬きをして、ちらりとルイスを見ると勢いよく起き上がる。ルイスがいることが想定外だったのだろう。ベッドから布団がずり落ちそうになったが、伊織は気にしなかった。

「ルイスさん……」

「寝れたっつーか、お前の場合はただ気ィ失ったってだけだろうけど」

「そう……ですね。でもどうして。此処、私の部屋ですよね」

「SMクラブの医務室には見えねぇだろ」

「ルイスさんが、此処まで運んでくださったんですよね」

「まぁそうなるな」

「すみません」

「お前運ぶのは二回目だから、別にいいよ。鍵も勝手に借りたし」

「その節も、すみませんでした」

「だから、いいって。それより、俺も悪かったよ」

「悪いって、何がですか」

「この前のこと」

　ルイスはベッドサイドのテーブルから眼鏡を取って、伊織に渡す。視力がどの程度なのか知らないが、視界がぼやけたままなのも困るだろう。伊織がそれを掛けたのを見てから、ルイスはベッドに腰を下ろす。

「深沈香のことだって、お前が嫌ならもうしないって謝って消せば良かったし、もっと言い方があった。そもそもお前はプレイが出来なくて困って俺んとこ来たのに、お前が悪いみたいな言い方して、悪かった。最後は怒鳴るみてぇになったし」

「別に、怒鳴るというほどのことは」

「誤解しないでほしいんだけど、俺、普段はそんな怒りっぽくねぇし温厚だから。客に頭からシャンパンぶっかけられても笑顔で接客する男だし」

「そうなんですか」

「そうだよ。だから自分でもちょっとびっくりした。プレイ出来ないストレスのせいもあったんだろうけど」

「それは、私がルイスさんの時間を拘束していたからです」

「だとしても、選んだのは俺だ。それにお前も俺のこと選んでくれた。なのに見捨てるようなこととして、悪かったよ」

「そんなの、謝るようなことではないのに」

伊織は俯いて目を伏せる。

普段から疲れた顔をしているが、昨夜サブドロップになったせいかいつも以上に疲労が滲んでいる。

「それを言うために、わざわざ私を探しにクラブに来たんですか?」

「そうだよ。けどそれだけじゃない。お前と話がしたかったからだ」

「話?」

「トークアバウトユアセルフ」

「はい?」

俯いていた伊織が、疑問符を浮かべて顔を上げる。

「あの、もう一回いいですか?」

「いやだから、トークアバウト――」

何となく覚えたての英語とコマンドらしいワードを選んでみたが、半分も伝わっていない気がする。ルイスは途中で言葉を止めると、日本語に切り替えることにした。

「お前のこと、ちゃんと話せよ」

いいアイデアだと思ったのに決まらなかったと思いながら、ルイスは小さく溜息を吐く。

「俺は、言われないと解んねぇんだよ、万年三位だから。だからお前の口からお前のことが聞きたい」

「三位って、それ関係ありますか？」

「エンペラーに言われたんだよ。けど、話さねぇと解んねぇのも事実だ。伊織、お前のことがちゃんと知りたい。何でプレイ出来ないのか……って言うより、プレイを嫌がってる……いや、怖がってるのか？」

言葉を選びながら言うと、伊織が最後の言葉にピクリと反応する。

恐怖ではないかと思ったのは、香を使ったときだ。あの伊織らしからぬ冷静さを欠いた反応は、嫌悪ではなく畏怖だった。

「別に、無理にとは言わねぇよ。言いたくないこともあるだろうし、会って間もないホストなんかに身の上話はしにくいだろうし。けど、吐き出したら楽になることもあるかもしんねぇだろ。ホレ、俺ホストだから、人の話聞くのは結構上手いし」

伊織は視線を逸らし、薄（うっす）らと口を開く。開いては閉じ、また薄く開きを繰り返したが、やがて伊織は再びルイスに視線を戻すと話し始めた。

「私の父は、とても厳格な人でした」

静かな部屋に、静かな伊織の声が響く。

「子供の頃に母とは離婚して、以来私は母とは会っていません。ずっと、その厳格な父に育てられてきました。男手一つで育てるのが大変だったということもあると思うのですが、父はあらゆることに厳しい人で」

「その親父に勉強しろとかすげぇ言われてきたから、お前そんな頭いいの？」

「そうですね」

伊織は苦笑する。

「そういう意味では、今の自分があるのは父のお陰なので感謝してます。ただ中学生の頃に私がサブだと発覚してからは、別の意味でも厳しい人になってしまって」

無意識だろう、伊織はキュッとずり落ちそうになっている布団を握る。

「父は、私がサブであることが受け入れられなかったんです」

「受け入れられなかった？」

「正確には、私が誰かに従属することが。古い考えの人で、サブやドムに対しての偏見の強い人でした。私がサブだと解る前からダイナミクス持ちの人たちのプレイに否定的で、特にサブは犬のように座ったり転がって腹を見せるのがみっともないとよく話していました。それなのに私がサブだと解って……」

言葉を止めた伊織の様子から、何かしら父が引き金になって今に至るのだと想像はつく。

「親父さんに縁を切られたのか？」

「逆です。父は私に付きっ切りで、ドムに従属することは悪なのだと叩き込みました」

「は？」

　思わず、ルイスは眉を寄せる。

「サブがドムのコマンドに反応すんのは、当たり前だ。本能的なもんだし、プレイが出来なけりゃ心身に支障が出る。そのくらいのこと、親父さんだって知ってただろ」

「そんなことで支障をきたすのは、精神が軟弱だからだと言われて」

　古い人間と言っても、伊織の父はきっとルイスの父と年齢は変わらないだろう。ルイスの両親はダイナミクスを持っていないが、それでも偏見などないし、プレイは趣味嗜好ではなくダイナミクスにとって必要なことだとしっかり理解している。

　半世紀前ならともかく、今は「プレイがはしたない」などという時代錯誤の認識を持つ人間は多くいない。だが多くないだけで、少なからずいる。それが不幸なことに伊織の父親だったのだろう。

「中学生の頃から、父はお金を払って家にドムを招いていました。それで、私に命令をさせるんです。私はサブだから、ドムにコマンドで命じられれば従ってしまう。ニールと言われれば膝を折りたくなって、ペタンと尻を着くと気持ち良くなりました。プレイが気持ち良いことだと知ったのは、父がドムの男性を家に招いた時でした。でもそれがプレイで快楽を得られた最後で、父は私がドムのコマンドに従う度に、怒鳴って折檻しました」

「冗談だろ」

「今でも、脹脛をベルトで叩かれた痛みを覚えてます。私がドムのコマンドに反応しなくなるまで、ずっと続けられたんです」

「んなの、ストレスで頭も身体もおかしくなるだろ」

「そうならないように、育てられたのが私です。どんなドムより優秀で強い人間になれば、サブでも従属する必要などないのだと言われました。頂点に立てば従属させる側になれるのだと。そんなわけはないのに」

「お前が『自分が認める相手としかプレイ出来ない』って言ってたのはそういうことか」

「自分より優秀な相手にならば、従っても許されるんじゃないかって思ったんですよね。でもそんな問題じゃないのは解ってます。ただ誰かに従うのが怖いだけ。今も誰かに支配されたいのに、それはいけないことで許されないことだと心のどこかで思ってる。私がプレイ出来ないのは、そういう理由です」

ルイスが想像していたより、ずっと根深い問題だった。

というより想像もしていなくて、ただ表面上の問題だけを解決しようとしていた。エンペラーに笑われた意味が、今なら少し解る。

伊織はその後も、自分の話を続けた。

社会人になってからは父とは疎遠になり、もう連絡を取っていないこと。父と離れれば時間が解決すると思っていた「プレイ不全」は、時間が経っても変わらなかったこと。仕方なくサブ専門のメンタルヘルスケアに通ってみたが、効果はなかったこと。

プレイ相手を探して出会ったドムに事情を話すと、「自分が支配してやる」と暴力的に扱われたこと。プレイ不全のストレスから不眠になり、強制力のあるレグルにプレイの依頼をしていたこと。今は医務室付きクラブのプレイヤー加賀宮に面倒を見てもらっているが、それまではドムから暴力的な扱いを受けていたこと。

不眠症状になってからは、食事も美味しいと感じられなくなったという。

「以前、ルイスさんに作ってもらった雑炊がすごく美味しく感じられて、驚いたんですよね。ホストクラブで頂いたお酒も美味しく飲めたんですけど。それで気分が良くなって、眠ってしまったのかもしれません」

「そうか」

遊馬は「伊織は少なからずルイスを信頼している」と言っていた。いまひとつルイスは納得出来なかったが、その答えが伊織の言葉のような気がする。

「なぁ、ついでにもう一つ聞いていい？」

「いいですよ」

「そんなクソみてぇな目にあってクソみてぇなトラウマ持ちなのに、何で俺と何度もプレイしようと思ったんだよ」

　伊織は今まで色んなことを試しては、効果がなくて諦め、結局加賀宮のところに行き着いた。だからルイスのことも「無駄だ」と切り捨ててもよかったのに、伊織はそうしなかった。

「いや、プレイしようと思っただけで、結局出来てねぇけどさ」

「正直なところ、初めはあまり期待していなかったんです」

　静かで落ち着いた声で、伊織は話し始める。

「プレイを成立させたい。そう思っているのは確かなのに、もう誰かと上手くいくとも思っていなかったんですよね。だから遊馬さんには申し訳ないですけど、正直、お会いすることすら億劫なところもありました。プレイが成立しなくて、困るのは私だけではないでしょう。ドムである相手もストレスになって、嫌な気持ちになる。そうなって相手の方の表情が歪むのを想像すると、もう会うことにすら前向きになれなくて。でも最初にお会いして全然プレイが成立しなかったのに、ルイスさんは文句を言いながらも次の約束をしてくれましたよね」

「それは、遊馬さんの頼みだったってこともあるけど」

「確かに、お互い遊馬さんの顔を立てなければという想いはあったかもしれませんね。でもそれを差し引いても、ルイスさんは一度もプレイを強要しなかったじゃないですか」

　伊織は強張らせていた表情を緩める。

「怒らないですし、怒鳴らないですし、力でねじ伏せようともしないですし」

「はぁ？　んなの当たり前だろ」

「そんなことはないんですよ」

　伊織は苦笑して首を振る。

「全然、当たり前ではないんです。今までのドムは皆、私を力でねじ伏せようとしてきたので。コマンドに応じなければ腕を掴んで無理矢理床に這いつくばらせたり、お前が悪い、異常者だと怒鳴り続けたり。私が従わないことに逆上して、蹴られて踏みつけられたこともありました。プレイが出来ない苛立ちもあったのかもしれません。でも、ルイスさんはそういうことはしなかったじゃないですか」

　加賀宮は「普通のドムは何が何でも服従させたくなる」と言っていた。ルイスにはそういう欲求がない。相手に無理強いをしようという考えがないし、そういう扱いを受けたこともない。ルイスがサブではないからなのか、周りの環境に恵まれていたのか。

　いずれにしても、伊織はそうではなかったのだろう。

「お前と最初に会った時」

　初めて伊織と顔を合わせた時のことを思い出す。

　緊張の色は感じられなかったが、かと言ってよくいる馴れ馴れしい客とも違っていた。

明らかにルイスとの間に距離があり、その距離は今の今まで埋まることがなかった。

「あの時『発音が悪い』とか何とか言って俺を遠ざけようとしたのは、俺が他の奴と同じようなことすると思ったからか」

「いえ」

拒絶のために言った言葉かと思ったが、伊織は緩く首を振る。

「それは、普通に発音が悪くて気になっただけです」

「おい！」

「でも二回目にお会いした時、すごく綺麗な発音になっていて驚いたんですよ。ホストはそういうこともサービスするものなのかな、と初めは思ったんです。でもそうではなくて、あれはルイスさんだったからですよね」

「え……」

急ににこりと微笑まれ、ルイスは戸惑う。

「そ、それって褒めてる？」

「はい。そういうのをさり気なくしてしまうルイスさんが、すごく素敵だなと思いました」

「そ、そうだよ、俺はステキな奴だから……」

「そうですね」

伊織はこういうところがある。

　突然人を貶したと思ったら、褒めるところは素直すぎるほどに褒める。客以外に褒められることなどないから、ルイスは照れてしまう。逆じゃないかとその度に思うが、こういうところがあるからルイスは何を言われても伊織を捨てきれず、気になってしまうのかもしれない。

「そういや、お前昨日の夜から何も食べてねぇんだろ」

　顔が熱くなるのを根性で抑えながら、ルイスは話題を変える。

「プレイの前、吐いたら困るから食べてねぇんじゃねーの？」

「そうですね」

「じゃあ、何か作るよ。冷蔵庫の中のモン、勝手に使っていい？」

「いいですけど、ルイスさんが作ってくれるんですか？」

「俺の作った飯は美味いんだろ」

「そうですね」

「つーか、俺もお前がちゃんと目ェ覚めて安心したら腹減ったから、一緒に食うよ」

「ありがとうございます」

　申し訳なさそうな、でも嬉しそうな伊織の表情から視線を逸らす。素直な伊織には、いつも調子を狂わされる。

　ルイスは部屋を出て、キッチンへ向かう。リビングから続くそこはアイランド型で、大理石調の洒落た作りになっていた。冷蔵庫を開けると古そうな食材が詰まっていて、中には水の濁った豆腐まである。

「マジか」

本人のスペックとのギャップに驚いたが、すぐに調理に取り掛かった。

と言っても、冷蔵庫の中には卵以外に使えそうなものがない。普段どんな食生活なのかと不安になりつつ冷凍庫を開けると、みっちり詰められた冷凍食品の隙間に、フリーザーバッグに入った椎茸としめじ、それに舞茸があった。

（キノコ大好きかよ）

他に冷凍するものがあるだろうと思いながら、シンク下の収納に米があることも確認する。調味料は開封後どの程度経過しているのか解らなかったが、ひとまず食べられるものは作れるだろう。

ルイスは手際よく米を洗い、半解凍のきのこを刻んで雑炊を作っていく。冷蔵庫にチーズがあったからリゾットにしても良かったが、あまり体調が良さそうに見えない伊織には雑炊くらいが丁度いいだろう。

最後に卵を落とし蓋をして蒸すと、簡単ながらきのこ雑炊が出来上がる。部屋に持っていくか迷って一応伊織に声を掛けると、伊織はダイニングまで行くと言った。

「よくあることなので」

この程度の怠さには慣れているという伊織が、やはり不健康だと思う。

だが食事を出してやると、伊織は手を合わせてすぐにスプーンを握った。一口分掬ってフーフーと吹いて冷やし、ぱくりと食べる。すると解りやすく目を輝かせ、隣に立つルイスを見た。

「美味しいです」

「だろ？　きのこは冷凍したほうが旨味が増すから、余計に美味くなるんだよ」

「そうなんですか。ルイスさんは凄いですね」

「飯作るの上手いのが？」

「それもですけど」

「じゃあキノコ博士みたいだとか？　ネットで調べたらすぐ出てくるやつだけど」

「いえ、それも凄いですけどそうではなくて」

スプーンを置いて、伊織はじっとルイスを見る。

「ルイスさんは私に出来ないことを、何でも簡単にこなしてしまうなと思って」

伊織は恐らく、料理の話だけをしているのではない。

きっと今までの伊織は、出来ないことがたくさんあった。それはプレイだったり、美味しく食事をすることだったり、自分の過去を話すことだったりするのだろう。

別に凄いことをしているとは思わない。だが伊織の心の荷が少し軽くなったのなら、それはそれで嬉しい。とは言え些細なことで褒められるとムズムズしてしまうので、ルイスは早く食べるよう伊織を促す。

「そんなことはいいから、冷める前に食えよ。ほら、イートだイート」

ルイスがトントンと人差し指でテーブルを叩くと、伊織はまたスプーンを持ち上げる。

だがそれを雑炊の中に沈めてから、再び顔を上げた。

「そういえば、ひとつ聞きたいことがあったのですが」

「何?」

「その、カタコト英語は何なのかなと思いまして」

「えっ……」

意識して「イート」と言ってはいたが、改まって聞かれると恥ずかしくなる。

「いや、コマンドの代わりだよ。それっぽいだろ。プレイよりこういう日常的な動作からの方が、お前には馴染みやすいだろうし」

「成程、それは一理ありますね」

「だろ?」

「でもイートは流石にどうかと……出されたら言われなくても食べますし、あとやっぱり発音が気になりますし」

「ぐ……っ」

自分でもちょっとそんな気もしていたが、真顔で言われるのは辛い。だがこの方が普段通りの伊織だと安心できたし、変な遠慮をされるよりいい。

「ま、いいや。お前が美味いって飯食ってくれたらそれで」

ルイスは溜息をひとつ吐いて、ワシャリシャと伊織の頭を撫でてやる。

「ちゃんと食べれて偉いな」

コマンドがダメなら、せめて褒めるくらい。

そう思ってルイスが笑うと、伊織は擽ったそうに目を細めた。

＊＊＊

それ以降、ルイスは再び伊織とプレイに挑むことになった。

以前と同じホテル、以前と同じ時間。互いの仕事の合間を縫って、ルイスは伊織と会う。ルールも変わらなかった。セーフワードにギブアップサイン、部屋に入った瞬間からプレイ開始。それらはずっと意味のない決め事だったが、漸く僅かながら意をなすものになった。

「カム」

あの日依頼、伊織が少しずつ簡単なコマンドに反応するようになったのだ。

幼稚園児でも出来そうな――と言っても思春期を過ぎないとダイナミクスの属性は現れないが――コマンドでも、伊織が出来るとルイスは褒めた。

頭を撫でてやると、伊織は擽ったそうに目を細める。

「ルック」

伊織はしっかりルイスの目を見て、次の指示を待つ。

ただ視線が合うだけなのに、ルイスも気分が高揚する。

(これがプレイの悦びってやつか)

ルイスは今、伊織以外と関係を持っていない。だからドムとしての欲求不満状態にあるせいか、こんな些細なコマンドの成功でも充足感がある。

これまでコマンドに無反応だったことが嘘のようだが、それは伊織も同じようだった。

「不思議なんですよね。今まではどんなに肉体と本能がコマンドに従うことを望んでも、抵抗の方が強かったので」

伊織の場合、サブとしての本能がないわけではない。だから今までの相手に対しても従いたい気持ちはあったが、それ以上に本能に従うことへの罪悪感と不快感がプレイの妨げになっていた。だから加賀宮のようなレグルは例外として、伊織が自分の意志でサブの本能に逆らうことでプレイが成立していなかった。

「本能に従って楽になりたいという気持ちと、どんな人間なのかも解らない相手に服従出来ないという気持ちがない混ぜになって、余計にストレスになっていた気がします」

「それって、イきたいのにちんこ握られてイけないみたいな感じ？」

「いえ、どちらかと言うと空腹でたまらないのに、目の前にあるのが人肉だから食べられないみたいな感じですね」

「何だその例え。解んねぇよ」

「じゃあ、眠くてたまらないのに寝たら死んでしまう感じでしょうか」

「そりゃ雪山だろ」

「そう言われても、他にどう表現したらいいか」

「二日酔いで吐きたいのに吐けないみたいな？」

「全然違います。そうですね……温かい毛布に包まれていて気持ち良くて眠ってしまいたいのに、眠るのが怖いから自分から吹雪の中に出ていく感じですね。寒くて冷たくて辛いのに、その方が安心してしまうんです」

　ドムの命令に従って満たされたいし、自分を満たす方法を知っている。それでも自らそうではない方を選んでいたのだということが、伊織の比喩から少し解る。

「じゃあ今は、少し素直に毛布に包まれるようになったってことだな」

「そうですね」

　伊織は微笑む。

「ルイスさんの毛布は、温かくて心地よくて、眠っても許される気がします」

言葉の通り、コマンドに従う伊織はとろりと瞼を落とし、薄く開いた唇から熱い吐息をこぼす。そんな風に気持ち良さそうにしている伊織を見ると、ルイスは満たされた。

伊織はきっと、仕事場ではクールに振るまって部下を従えて、丁寧で的確な指示を出しているのだろう。だが今はルイスのコマンドに従ってぺたりと絨毯に座り熱い吐息を漏らし、もの欲しそうにルイスを見つめている。

「伊織、気持ち良いか？」

「はい」

「ちゃんと言えて偉いな」

犬にするように、ルイスは伊織の頭を撫でる。すると伊織はやはり犬のようにきゅっと目を瞑って、心地良さそうに首を伸ばし頭を差し出してくる。

ドムには支配欲求がある。

だが今満たされているのは、支配欲求ではない気がした。

何者にも従属しなかった伊織が、今はルイスに全てを許し、信用し、身を委ねている。今はまだ「ニール」が限界だが、いずれ「ストリップ」や「プレゼント」をすると思うと、感じたことのない興奮が腹から湧き上がる。

その欲望を制御して、ルイスは頭を撫でてプレイを止める。

一歩ずつでいい。まだプレイを再開して一週間。回数にして二回目なのだから、これから少しずつ進めればいい。

「今日はここまで」

ルイスは伊織から手を離し、伊織の手を引いて立ち上がらせる。

「伊織、仕事上がりで飯食ってねぇだろ？　何かルームサービスでも取ろうぜ」

「そうですけど、そこまでして頂くわけには」

「いいんだよ、俺も腹減ってるから」

プレイルーム内での言葉は、「命令」になってしまうことがある。プレイを終えたのなら不要に従わせたくなくて、ルイスはさっさと部屋から出た。代わりに顔だけを扉から覗かせて、伊織に声を掛ける。

「変な遠慮しねぇで、素直に奢(おご)られとけって。ドムのDは、Dedication(献身)のDって言うだろ？」

「その説は初めて聞きました。ドムのDはDominantのDですね」

「え、そうなの？　エンペラーが言ってたんだけど。アイツまた適当なこと俺に吹き込んだな」

「というか、そんな単語よく知っていましたね」

「お前、俺のこと馬鹿にしてんだろ」

「そういうわけでは……」

「いいんだよ、実際この間まで知らなかったし。お前に発音悪いって言われて、英語勉強してた時に覚えたやつだ」

発音もいいだろと得意になっていると、伊織は少し驚いた顔をしてすぐにふふっと笑う。

「確かに、綺麗な発音です」

「だろ？　で、何食う？　夜だからあんま重くないほうがいいよな」

ルイスがメニューを探してリビングをうろついていると、伊織もプレイルームから出てくる。

ルイスは軽食のホットサンドとアルコールを頼んだ。深夜でも、ホテルのルームサービスはすぐに運ばれてくる。

「そういえば」

ホットサンドに添えられたフライドポテトを二人でつついていると、伊織が口を開く。

「いつも、こんないいホテルではなくても私は構わないのですが。その……私は遊馬さんの紹介ということでお金をお支払いしていませんし、普段はそれなりの金額を取ってるんですよね？」

「そんなん気にしなくていいんだよ」

確かに伊織から金は貰っていないが、ルイスは困っていないし貰うつもりもない。

「俺、金だけは結構持ってるから。ホテル、綺麗な方がいいだろ。此処はルームサービスも美味いし」

　トロリとした卵とカリカリベーコンを挟んだホットサンドは、これまでにも何度か食べたがいつ注文しても美味い。

「だから金回り良くなってからは、ずっとこのホテル使ってんだよ」

「お金回りが良くなる前は違ったんですか？」

「そうだな、もっと安っぽいホテルだった。此処と同じ六本木だけど、何処にでもあるようなプレイホテル」

　ホストクラブが歌舞伎町に、ラブホテルが渋谷に集中してあるように、六本木にはプレイホテルが集まった通りがある。最初にダイナミクス持ち向けのバーやクラブが出来たのは六本木だからで、今もドムやサブ向けのサービスが多く集まっている。

「俺がドムの仕事始めたのは、カネが目的だったからな。ホストの方が全然ダメダメだった頃、給料だけじゃ苦しくてこの仕事始めたんだよ。当時は今みたいに高額でサービス提供もしてなかったし、ホテルなんてプレイ出来れば何処でも良かった。だから適当に選んでたけど、安い割にいい感じのホテルもあったな」

「いい感じ？」

「内装は、凄ェ古いんだよ。レトロって言えば聞こえがいいけど、要するにオンボロ。壁紙とか喫煙可だったせいで黄色かったたし。けどウォーターベッドがあってさ。俺、ウォーターベッドって初めてだったからテンション上がったんだよな。あと小さい窓だったけど、東京タワーが見えたのも良かった」

「東京タワー……」

「伊織の部屋からも見えたよな。ウチもタワマンだから眺めはいい方だけど、東京タワー見えるのはやっぱいいわ。あれって眺めいいから選んだ部屋なの？」

「そうですね」

食べかけのすっかり冷えたホットサンドに齧り付き、それを嚥下してから伊織は返す。

「殆ど寝るだけの部屋ではあるのですが、私は寝れない時間が長かったので。どうせなら飽きない部屋がいいなと」

「飽きねぇっていうの解る。お前の部屋、船とかも見えて楽しかったし」

あの日は伊織が目覚めるまで心配だったが、モグモグ雑炊を食べる姿を見てホッとしたことを思い出す。そこで、ふとルイスは妙案を思いついた。

「そうだ。今俺、他の奴とプレイとかしてねーし、今度から俺んちでプレイする？」

「えっ？」

「その方が良くね？　ま、ウチは東京タワーは見えねぇけど、俺が使い慣れたキッチンもあるし。ホテルのルームサービスも美味いけど、あんま続くと塩分高そうだしな。お前、普段から食生活酷そうだから外食より自炊の方がいいよ」

「それは耳が痛い話ですし、返す言葉もないのですが」

「だろ？」

「でも、ルイスさんはいいんですか？」

「いいよ」

ルイスは即答する。

「普段はウチ、人入れたりしねぇんだけどさ。伊織ならいいよ。お前、もう既に一回俺んちでゲロ吐いてるし」

「えっ」

伊織はぴたりと動きを止め、遠慮がちな上目遣いでルイスを見る。

「……私、あの時吐いたんですか……？」

「記憶ねぇの？」

「ないです……」

「じゃあ、あの時したアレも覚えてねぇのか」

「え……待ってください、私何しました？　教えてください」

「ぶはっ、冗談だよ」

不安そうにして慌て出す伊織を、ルイスは一笑する。

「吐いてない吐いてない。寝てただけだよ」

ケラケラ笑って揶揄(からか)ってやると、伊織の表情が焦りから安堵に変わる。普段淡々としている分、コロコロ変わる表情が面白い。

「じゃ、次は俺んちで。場所覚えてる?」

きっと覚えているだろうと思って問うと、伊織は頷く。

それから次の約束の日時を確認して、この日はお開きになった。ルイスはホテルに泊まることになっていたから、タクシーで帰る伊織をフロントまで送る。

伊織がタクシーに乗り込むのを見届けて、ルイスは部屋に戻るべくエレベーターに向かう。

そこでふと、ルイスは身体が軽くなっていることに気付いた。これまでの仕事としてのプレイでは、こういう風に感じたことはない。大したプレイもしていないのにと、不思議な気持ちになる。

(これがダイナミクスの相性ってやつなのか)

これまでプレイの相手との相性など考えたことはない。だが簡単なコマンドでこれだけ満たされるのは、やはり余程相性がいい気がした。

ルイスが次に伊織と会ったのは五日後、金曜の夜だった。

「お邪魔します」

いつも通りのスーツ、仕事帰り。ただ伊織の手には、縦長の紙袋がある。

「つまらないものですが」

伊織が渡してきた袋には形から想像した通り、少し良いワインが入っている。変なところで気を使うと思ったが、前回ホテルでプレイした後に酒を飲んで食事をしたのと同様、今日もプレイ後に開けて飲むのもいいだろう。

ルイスはまず、伊織をリビングに通す。

「うちはプレイルームってのはねぇから、プレイするのは俺の寝室になるけど」

あとで食事をすることを考えるとリビングダイニングは候補から外れるから、消去法で寝室になる。

「ルールは同じ、部屋に入ったらプレイ開始。寝室の場所は覚えてるよな？」

「はい」

「荷物は此処に適当に置いといていいから。あと上着、皺になる前に預かるわ」

「ありがとうございます」

「っていうか今日は上着皺になるようなことするつもりなんだけどど、してもいい？」

ジャケットを脱いだ伊織からそれを預かりつつ問うと、伊織はピクリと反応し目を逸らす。

「それは、その……」

「勿論、無理に進めたりしねぇよ。あと念のため、もっかい確認もするし」

「確認？」

「今度こそ、本当に必要になるかもしれないだろ」

ルイスはジャケットをリビングの扉のフックに掛け、伊織の前に戻る。伊織は少しだけ緊張した面持ちで、ルイスをじっと見てごくりと唾を飲んだ。だが「したくない」とは言わない。

「伊織、確認だ。セーフワードは？」

「ストップです」

「ギブアップサインは？」

「ルイスさんの身体を三回叩く」

「オーケー。ちゃんと覚えてるな。じゃあ俺、先に寝室行くけどいい？」

「大丈夫です」

「待ってる」

伊織の耳元で囁いて、ルイスは寝室に向かう。

寝室に入ると、すぐに部屋のダウンライトの明るさを落とした。互いの顔が見えるくらい薄暗い方が、緊張しなくていい。

ベッドに座って待っていると、やがて伊織が現れた。

「失礼します」

律儀に一言断りを入れてから足を踏み入れ、後ろ手に扉を閉める。

いつも使っているホテルではないからか、薄暗い照明のせいか、伊織の緊張が伝染したのか。ルイスはいつもより興奮していた。

「伊織、カム」

伊織は時折部屋の中を見渡しながら、ルイスの前まで来る。

カーテンは閉めている。部屋にあるのは藍色のシーツの掛かる大きなベッドとサイドテーブルだけ。ホテルと違って床に柔らかな絨毯はないから、座ると冷たいかもしれない。

「ルック」

伊織が目の前まで来ると、視線を合わせるよう要求する。だが既にじっとルイスを見ていた伊織は、薄く唇を開いただけだった。呼吸が熱くなっているのが解る。プレイに慣れていない伊織は、この程度のことでも気持ち良くなれる。

「伊織、目を逸らすな」

次のコマンドの前に、言っておく。それから大きく息を吸って、次のコマンドを発した。

「ストリップ（服を脱げ）だ」

先に進むと伝えていた。

だから今日はそのつもりで、伊織はこの部屋に入ってきたはずだ。

それでも一瞬、伊織の身体がぴくりと震えた。躊躇いが窺える。それでも伊織はそこで動きを止めず、ネクタイに手を掛けた。

ネクタイを丁寧に外し、床に落とす。命令の通りルイスから視線を逸らさないから、ずっと目が合っている。だからルイスが「ネクタイだけでは駄目だ」と言っているのが解ったのだろう。伊織はシャツのボタンに手を掛ける。

一つずつ、丁寧に外していく。とてもゆっくりだった。

それでもルイスは待った。徐々に呼吸を荒くしながらボタンを外す伊織を、じっと見る。拒絶反応からの過呼吸になっていないか心配だったが、見ている限り伊織から感じたのは昂りだった。

白いシャツのボタンを全て外すと肩から落とし、最後に袖を抜いて床に落とす。

「よく出来たな。ちゃんと褒めてやりたいから、ここに来い。ニールだ」

伊織は素直に膝を折る。ペタンと尻を床につけたのを確認して、ルイスは伊織の頭を撫でてやった。

「伊織、いい子だ」

首を伸ばし喉元を晒してくるから、ルイスは指の腹で伊織の喉を擽ってやる。尻を着いたまま気持ち良さそうに目を細める姿は、飼ったことはないが犬か猫に似ている。

「床、ホテルより冷たくて痛いだろ。大丈夫か？」

「大丈夫です」

「あとそのパンツ、高そうだけど皺にならねぇ？」

「大丈夫です」

　二度目の「大丈夫」は声が大きくなっていた。興奮して、先のプレイを求めているのだろう。伊織がプレイに積極的なのが嬉しくて、ルイスは応じることにした。

「伊織、キス」

　ベッドに座ったまま、ルイスは手の甲を差し出す。伊織は恍惚とした表情で唇を寄せ、指先に口づける。唇を離すと伊織はまたじっとルイスを見て、次の命令を待っている。

「舐めろリック」

　無言のまま、伊織は赤い舌を出す。遠慮がちにルイスの人差し指を先端から舐め、口の中に含んだ。ぴちゃぴちゃと唾液が絡む音がする。静かな部屋にはその音がやけに大きく響き、気分が昂っていく。

　伊織は夢中で指にしゃぶりつく。苦しいだろうに指の付け根まで飲み込んで、肉の薄い水かき部分を丁寧に舐めている。生暖かく擽ったい感触が気持ち良かったが、ルイスはそれを止めた。

「もういい」

声と同時に舌の動きが止まり、唾液で唇を濡らしたまま伊織はルイスを見上げる。瞼がとろりと落ち、瞳は涙に揺れている。明らかに、興奮しているのが解る。

「クロール（四つん這いになれ）」

ルイスが足を組んで命じると、伊織は素直に従う。それからルイスが足先を伊織の前に持っていくと、なにも言わずとも伊織はその足をしゃぶった。

先ほど同様、ぴちゃぴちゃと音を立てて足の指を舐める。親指に吸い付いて指の間まで丁寧に舐められると、ぞくりとした感覚が身体を走った。

「伊織、顔を上げろ」

薄暗い中でも、濡れた唇が赤いのが解る。熱を持ち血色が良くなっているのだろう。それに瞳は「もっと」と訴えていて、深い快楽を得たいという欲求が伝わってくる。

まるで欲情しているような表情の伊織に、ルイスは下半身が重くなるのを感じた。普段、他のサブとのプレイでこんな風になることはない。もしかしたら、伊織に煽（あお）られているのかもしれない。

「ステイ」

湧き上がる興奮を抑えて、再び「待て」の姿勢を取らせる。サブを満足させるのがドムの役割だが、サブの要求に全て応じる必要はない。今日は此処で切り上げた方がいいだろう。

このまま続ければ、プレイだけで終わらなくなる可能性がある。

「自分の意志で此処まで出来たの、初めて？」

「はい」

視線を合わせたまま、伊織は頷く。

「すげぇやらしい顔してるよ、お前。そんな気持ち良いんだ？」

「きもちいい、です」

「ちゃんと言えて偉いな」

頭を撫でてやって終わりにしようと、ルイスは手を伸ばす。だがふと、ルイスは伊織の変化に気づいた。

ぺたんと座った伊織の股間が膨らんでいる。

一瞬、薄暗いせいで見間違えたのかと思った。だが明らかに伊織は性的に興奮している。

「伊織」

伊織の頭に伸ばした手を止め、ルイスは伊織を見下ろす。

「お前、別の意味でも興奮してんの？」

「え……？」

「勃ってる」

無意識に、口角が上がる。

嘲ったつもりはない。ただ気分が高揚して、自然と笑みが浮かんでしまう。

「す、すみませ……」

「いいんだよ」

怒っているわけではないと、伊織の目を見てルイスは説明してやる。

「プレイで性的に興奮するのは、珍しいことじゃねぇ。今まで俺が相手にしたサブの中にも、そういう奴はいたよ。だから普通のことだし、ついこの間までニールも出来なかったお前がそんなに気持ち良くなれたんなら、それはすごくイイことだ」

「ですが――」

「いいって言ってんだろ。俺も興奮してる」

ルイスは焦る伊織の言葉を遮る。一瞬、伊織は視線を逸らしルイスの股間を見る。その状態が自分と同じだと確認すると、またすぐに目を合わせて黙った。

ダイナミクスとしての欲求を満たす以上のことを、するつもりはなかった。

だがこうなったのが自分だけではないのなら、止める理由もない。

「続けていい？」

伊織の顎に指先で触れて問うと、伊織がごくりと唾を飲む。

「無理強いするつもりはねぇ。けど続けるってのはそういう意味だから、よく考えて返事しろ」

緊張した面持ちのまま、伊織はぴくりとも動かない。

ルイスは、視線を合わせたままで伊織の返事を待つ。すると伊織は暫しののち、無言のままこくりと頷いた。

それから伊織の眼鏡を取ってやり再度テーブルに置くと、スラックスを脱ぐよう命令した。伊織が黒のボクサーパンツ一枚になったところで、ベッドに上げる。

伊織は綺麗な身体をしていた。肌は白く、筋肉質ではないが余計な肉がついていないためしなやかなラインを描いている。

下着の男を見て、興奮したことなどない。そもそもサブとプレイをする仕事をずっと続けてきたが、性的欲求を覚えたことは一度もない。だが目の前で下着一枚でベッドの上に座る男に、ひどく欲情する。

（ドムの支配欲求なのか？）

自分でも解らない。

ただ興奮で全身が震えるほどに、目の前の男を支配し乱し犯したかった。

「下着も脱げ」

プレイにおける正式なコマンドは使わなかった。コマンドは知らない相手、たとえ言葉が通じない相手でも通じる共通シグナルだ。だから見知らぬ相手とプレイをするなら便利なものだが、今この場において必ずしも必要ではない。

現に伊織は、日本語で命令をしても熱い吐息を漏らしてルイスの言葉に従っていく。膝立ちになって下着を脱いで、ルイスの前に性器を晒した。伊織の体格に見合った、立派なものが付いている。

「自分でしろ」

「え……？」

次いで指示をすると、伊織は目を大きくして固まる。

「オナニーしろって言ってんの。出来ねぇの？」

伊織は瞳に動揺を滲ませたまま、息を呑む。

だがやがてゆっくり己の性器に手を伸ばし、しかし触れる前にまた手を止めた。

「嫌では、ないんですか？」

「イヤ？」

「ルイスさんの性愛の対象は、女性ですよね？　それなのに、嫌ではないのかと」

伊織が止まった理由が解った。

プレイまではいい。だがプレイとセックスは別物だ。それにルイスはプレイ以外のサービスをしないと公言しているから、伊織の自慰を見てルイスが不快にならないか心配になったのだろう。

確かにルイスの性愛対象は男ではない。だが今は伊織の欲情する姿が、普段澄ましている顔を快楽に歪めるのが見たくてたまらない。

「嫌ならとっくに部屋から追い出してるよ」

だから不安になる必要はないのだと、ルイスは伊織を諭す。

「お前が勃たせてんの見つけた、その時点でな。だから嫌じゃない。早く、お前がヤらしい顔してオナってるとこが見たい」

最後は囁くように言ってやると、伊織がひくりと身体を震わせる。

同時に、ルイスの言葉に納得したのだろう。伊織は凝視するルイスから逃げるように視線を逸らし、漸く性器に触れる。

「ン……っ」

手の動きは緩慢だった。そんなもので気持ち良くなれるのかと思うが、緊張もあるのかもしれない。だがルイスが気長に待っていると、伊織の手は徐々に動きを速めていく。

「はぁ、あ……っ」

背中を丸くして、うずくまるように手淫を続ける。

「伊織、見えない」

指摘すると、伊織は恥じらいながらもルイスに見えるように足を開く。そこは先走りを零し、もうすぐ射精しそうなことが解る。

「は、ぁ……っ」

切なそうに眉を寄せ、伊織は手淫の動きを速めていく。だが射精する前に、ルイスは伊織を止めた。

「伊織、イくな。手を止めろ」

「……っ、ア……、なんで」

「お前だけ気持ち良くなるのは不公平だろ」

ルイスは伊織の手を掴む。名残惜しそうに性器に指を伸ばす伊織を制し、その手をルイスの股間に運んだ。

「舐めて」

伊織の自慰（じい）に興奮して、先ほどより性器が大きくなっている。

それが自分でも不思議だった。女を抱いたことは何度もあるし、AVを見て抜くこともある。だが女を相手にプレイをしても性欲を掻き立てられたことはないし、必要だからプレイをするだけで、犬に命令している程度の感覚しかなかった。

だが今は、明確に目の前の男を蹂躙（じゅうりん）したい欲求がある。

「伊織」

ごくりと喉を鳴らしたきり動かなかった伊織が、名前を呼ぶとのそりと動く。丁寧な手つきでルイスのパンツのボタンを外し、ファスナーを下ろした。半ば無理やりボクサーパンツを引き下げて、現れた脈打つ性器に再び唾を飲み込む。

その後は躊躇いなく、口を大きく開いて性器を飲み込んだ。熱い舌で裏筋を擦りながら、苦しいだろうに喉の奥まで受け入れていく。

伊織は頭をゆるゆると揺すった。慣れていない、というより恐らく初めてなのだろうが、動きが拙い。そのせいで気持ち良いとは言い難いのに、目の前で一生懸命奉仕し気持ち良さそうな顔をする伊織に、ルイスはまた性器を大きくする。

「なぁ、舐めながらオナって」

未だ勃起したままの伊織の性器は、気の毒に放置されたままでいる。伊織は一瞬顔を上げルイスを見たが、「して」と重ねて言うと素直に従った。

「ン……っ」

左肘をシーツについて身体を支え、腰を高く上げる。右手を自らの性器に伸ばし動かしているが、その様子はルイスからは見えない。だが、喘ぐ伊織の表情を見ているだけで十分だった。

「はぁ、ン……っ、んぅ……っ」

勢い余って歯を立てられないか不安になったが、伊織は苦しそうに喘ぎながらも丁寧に性器をしゃぶってくれる。伊織の口からはとろりと唾液が溢れ、それが舌の動きを助け、性器を伝ってルイスの下着とパンツを汚していく。

「伊織、もういい」

そろそろ生ぬるい口淫も限界だと、ルイスは伊織の頭を掴んで顔を上げさせる。

「そのまま動くなよ」

自慰はそのまま続けろと言ってから、ルイスは伊織の顔の前で性器を扱く。驚きと戸惑いと、興奮と快楽。そんなものが入り混じった表情の伊織の顔に向けて、ルイスはやがて射精した。

白く濁ったそれが白い伊織の肌を汚し、髪まで飛んでいる。同時に伊織がくぐもった声を漏らし、自らの手の中で射精する。

「エロ……」

射精後の脱力の中、ルイスはぽつりと呟く。

快楽に蕩けた顔にはルイスの白く濁った精液。唇はとろとろの唾液で濡れて光っていて、射精後の興奮に熱い吐息を漏らしている。

「お前、いつもそんなエロい顔してプレイしてんの？」

「したことがないので、解らないです」

「そういやそうだった」

「そもそも、こんな風になったのは初めてで……」

伊織は脱力した身体を起こして、へにゃりとルイスの前に座る。

「どうしたらいいのか、解らないです」

「そんなの俺も解んねーよ」

「え……？」

疑問を浮かべた伊織の肩を掴み、そのままベッドに押し倒す。

本当に解らない。理性や知性など全く働かず、衝動のままに伊織を押さえつけている。自分にこれほど暴力的な面があるのだと、ルイスは初めて知った。汚れた伊織を見下ろしていると、また性器が熱を持ち始める。

「挿(い)れてぇ」

「それは……」

ルイスが素直に欲望を口にすると、伊織は遠慮がちに口を開く。

「流石に、無理かもしれません。何も、準備をしていないですし」

「馬鹿」

申し訳なさそうに云うから、ルイスは思わず伊織の鼻をキュッと摘む。

「俺だって、何の準備もなく捻じ込むほど鬼畜じゃねぇよ」

「ですが――」

「だから、こっち貸して」

ルイスは伊織の両足の膝を、片手で纏め上げる。天井に向かって担がれた白い太腿(ふともも)に、ルイスは性器を擦り付けた。キュッと閉じた柔らかい肉の間に、性器を挿れていく。

「気持ちい……」

「ひぅ……っ」

ルイスの性器の先端が、伊織のそれに触れる。

先ほど射精して萎(な)えていたはずの伊織のものも、また硬くなっている。悪戯(いたずら)にそれに触れるように、ルイスは腰を揺すった。初めはゆっくり動かしていたが、やがて我慢出来なくなって腰の動きを速くする。

「んん……っ」

上を向いた伊織のそれを見ていると少し気の毒になってきて、ルイスは支えていた伊織の足を離した。

代わりに太腿に手を掛けて、大きく開かせる。

「ルイスさ……っ」

「手、出せよ」

出せと言いながら半ば強制する形で、ルイスは伊織の手を掴んでルイスの性器を握らせる。その手の上からルイスも手を重ね、二人分の性器を握らせた。

「扱いて」

言われるままに、伊織は手を動かす。二人分の勃起したそれは握るには大きすぎたが、二人分の手があればそれなりに気持ち良い。

「ンンッ、……っ、あ、は……っ」

「あー、またイきそう」

「はぁ、ルイスさ……私も……っ」

「伊織」

もう限界だと性器も顔も訴える伊織を呼び、意識をこちらに向けさせる。

「キスして」

手淫を続けながらルイスが言うと、伊織は性器から手を離す。両手でルイスに抱きついて唇を重ね、そのままルイスの手の中で射精した。

ルイスもまた、自らの手で射精する。

「はぁ、は……」

息苦しさから唇を離して、必死に呼吸をする。ちらりと見ると、伊織の腹はルイスの放った精液でべっとりと汚れていた。

＊　＊　＊

ルイスが目を覚ましたのは、遮光カーテンの隙間から太陽の光が差してきた頃のことだった。

チラリとベッドの上のデジタル時計を見ると、土曜の朝の七時過ぎ。この日、仕事はあるが夕方からだ。

もう少し寝ようと、ベッドに身体を再び沈める。すると黒髪の男が視界に入り、見ると伊織も目を覚ましたばかりのようで、薄らと瞼を開けている。

大きなベッドに一枚の掛け布団。それを二人で引っ掛けて、汚れたベッドの上に下着すら身に付けずに転がっている。

「おはよ」

「おはようございます」

横になったまま、ルイスは声を掛ける。昨夜喘いでいた甘い声は幻だったのかというほどに、伊織の声はいつも通り冷静で落ち着いていた。

「身体、大丈夫か？」

「大丈夫ですが……」

「が？」

結局挿入はしていない。だから身体に負担をものすごく掛けたとは思っていないが、否定的なワードにルイスは起き上がる。

「何？　どっか痛ぇ？」

「いえ、大丈夫ではないのは、このベッドの方なのではないかと」

「あー、確かに」

　起き上がって布団を退けて改めて見ると、確かにシーツも布団もかなり汚れている。昨夜は何も考えず布団を掛けるだけ掛けて眠ったが、二人分の汗と唾液と精液でぐちゃぐちゃになっている。

「けど、これはいいよ」

　汚れてはいるが、どうせルイスのものだし洗うなり捨てるなりすれば済む。今日は仕事だから出来ないかもしれないが、それならホテルに泊まってしまえばいい。

「すみませんでした」

「いや、だからいいって」

「そうではなくて」

　重ねて謝罪する伊織をルイスは止めようとするが、伊織はのそりと起き上がって視線を落とす。

「ルイスさんは、そんなつもりではなかったでしょう。その、私に付き合わせてしまったばかりに――」

「それもいい」

　伊織の言いたいことが解った。

　そんなつもりと言うのは、プレイだけでなくセックスに及んでしまったことを言っているのだろう。確かに想定外ではあるが、別に謝罪されることだとは思っていない。

「言っただろ。プレイでそのままセックスすんのは、別に珍しいことじゃねぇって。それに昨日も言ったけど、嫌なら追い出してる。俺がお前に付き合ったんじゃない。俺とお前で、合意の上でしたことだ」

　素っ裸のまま俯いていた伊織が、視線を上げる。

「そうだろ？」

「そう、ですかね」

「そうだよ。思いのほかプレイで興奮したから、そのままヤった。確かに予定外ではあったけど、俺はすげぇ良かったよ。伊織は？」

「良かったです」

「だろ？　だから謝るのはなしだ」

　納得はしたようだったが少し落ち込んで見えたため、ルイスは伊織の頭をわしゃわしゃと撫でてやる。プレイではないが、伊織はきゅっと目を瞑って素直にそれを受け入れている。

「なぁ、腹減ってねぇ？」

　伊織が落ち着いたところで、ルイスは手を止めて尋ねる。

「昨日、結局何も食ってねぇし俺は減ってんだけど」

「そうですね、空いていると言えば」

「じゃ、俺何か作るわ」

「ルイスさんが作るんですか？」

「元々そのつもりでプレイする場所此処にしたしな。ついでに、昨日お前が持ってきたワインもそのままだろ。一緒に飲もうぜ」

「朝から飲むんですか？」

「朝からは飲まねぇタイプ？」

「飲まない方ですが」

「が？」

「ちょっと悪いことをしている気分になって、いいですね」

「だろ？　決まりだ」

ルイスは脱ぎ捨てていた下着を探しつつ、ベッドから立ち上がる。とりあえず拾い上げたものを身につけシャツだけ羽織ると、ついでに拾った下着を伊織に投げてやった。

「飯の前に、シャワー浴びてこいよ。タオルとか服とかも用意してやるから」

寝室にあるクローゼットから、サイズが大きめの灰色のスウェットを出す。ルイスがルームウェアに使っているものだが、身長があまり変わらないから伊織にも合うだろう。

「風呂、ここ出て右の廊下のすぐの扉だから」

「ありがとうございます」

部屋着を渡しタオルは勝手に使えと言い部屋を出ると、ルイスはキッチンに向かった。

普段から比較的自炊はする。素人なりに腕がいい自信もある。だが人に作ることはなかったから、食べてくれる相手がいるのは嬉しい。

伊織が持ってきたワインを取り出し、銘柄を確かめる。葡萄を使った赤ワインだから、常温でも美味いだろう。伊織はその場で飲むことを考慮して、このワインを選んだのかもしれない。

ルイスが調理を終えた頃、伊織がリビングに現れた。

「お風呂、ありがとうございました」

一応ドライヤーを使ったのだろうが、髪がまだ濡れている。普段は整髪料で整えているのか、風呂上がりの伊織の髪は少し癖でうねっていていつもと雰囲気が違う。何よりルイスの渡したスウェットがあまりに似合っていない。

「お前の部下が見たら卒倒しそう」

「はい？」

普段の仕事振りは知らないが、以前ネットで記事になっていた伊織は「出来る優男」という印象だったから、今の伊織は随分かけ離れている。

「飯、丁度出来たとこだから」

早く座れと促すと、伊織はダイニングテーブルにつく。その間にルイスはテキパキとワインをグラスに注ぎついでにミネラルウォーターを用意して、最後に食事とケチャップボトルを置いた。

「特製オムライス、ルイススペシャルだ」

自分でも満足の出来の、半熟の黄色い卵が掛かったそれを伊織は解りやすく目を輝かせて見る。

「凄い。特製とスペシャルで意味が被ってますが、美味しそうですね」

「アアン？」

そこかよと思ったが、伊織はさして珍しくもない料理を嬉しそうに眺めている。

「ちなみに、どのあたりがスペシャルなんですか？」

「チキンライスの肉が名古屋コーチンで、上に乗ってる卵が烏骨鶏（うこっけい）」

「本当にスペシャルじゃないですか」

「この辺りのスーパー、たまに珍しいもん売ってるから買っちまうんだよ。あんま他に金使うとこねぇし。あ、お望みなら、俺がケチャップで好きなもん描いてやるけど？」

「えっ」

冗談のつもりでケチャップのボトルを持つと、思いのほか伊織は目を輝かせる。

「描いてくれるんですか？」

「え、マジで描いてほしいの？」

「描いてほしいです。じゃあ私がルイスさんの分を描いてもいいですか？」

「別にいいけど」

おかしなことになった。伊織はたまに、こういう子供のような反応をする。

だがどうせ描くのならと、ルイスは渾身のトラ猫を描く。自分でも見事な出来だと満足して、伊織にケチャップボトルを渡した。どんな繊細なものが出来上がるのかと眺めていると、謎の曲線が描かれていく。

（何だ？）

トマトのような宇宙に浮かぶ惑星のような、何かわからないものが描かれ、ややケチャップ過多のオムライスが出来上がると互いの皿を交換する。

「凄い、ルイスさん本当に器用ですね」

「お前はそのスペックの割に、色々不器用すぎねぇ？」

伊織は見事すぎるトラ猫を見て感動しているが、ルイスも別の意味で感動した。

「つーかこれ何？　新種の深海魚？」

「ルイスさんと一緒がいいかと思ったので、猫にしました」

「マジか。まだまだ猫も新種が見つかるんだな」

「新種がいるんですか？」

「お前のケチャップクリーチャーのことだよ」

だが、口の中に入ればクリーチャーも猫も同じ味になる。ルイスも席について、ワイングラスを掲げる。

いただきますの声と共にワイングラスをチンと当て、伊織は一口飲んでから丁寧に手を合わせ一礼する。子供のようでいてマナーは完璧で、しっかり教育されている知性と品の良さを感じる。

発言と行動と見た目と、それにプレイ、セックス。

その全てにおいてたまにびっくりするようなギャップがある。

そんなことを考えつつルイスがオムライスを頬張ると、同時に伊織の声が上がった。

「美味しい」

伊織はスプーンを手にしたまま、反対の手で口元を押さえている。

「ルイスさん。本当に、すごく美味しいです」

「当たり前だろ、ルイススペシャルなんだから。名古屋コーチン入ってんだぞ」

「名古屋コーチンへの信頼が厚いですね」

「肉の弾力が凄ぇんだよ、名古屋コーチン」

「確かに。美味しいです。でも鶏肉だけじゃなくて、チキンライスの味の濃さも丁度良くて食べやすくて、卵もフワフワとろとろで、一緒に食べると口の中で溶けるみたいで。ル

イスさんは何でも器用に出来ますね」

「お前はグルメリポーターか」

　伊織には、ルイスより凄いところがいくつもある。

いい会社に勤めていて、部下が大勢いて、モデルのような出立ち(いでたち)で雑誌やメディアのインタビューに応えることもある。その記事によると顧客や部下からの信頼も厚く、掲載されている写真では知性にあふれた顔で高級スーツを見事に着こなしていて、サブでなければ何の不自由もなくホワイトカラーの頂点にいたような男だ。初めて会った時「自分より優秀だと認めるドムにしか従属出来ない」とルイスに言っていたくらいだから、ルイスを敬う気持ちはなかったのだろう。

　それなのに伊織は驚くほどに素直に、ルイスを褒める。それが素直に嬉しいと同時に、やはり気恥ずかしい。

「以前、私の父は厳しい人だとお話ししましたが」

　三分の一ほどオムライスを食べたところで、伊織はスプーンの手を止め水を飲む。伊織の声に、ルイスも手を止めワインを一口飲んだ。赤いワインは葡萄の味が濃く、伊織がいいものを選んで持ってきてくれたことが解る。

「お前に折檻してたって親父さんか」

「ええ。でも厳しかったのはダイナミクスのことだけではなくて、いい学校に入るとか、いい成績を取るだとか、そういうことに対してもでした。離婚して早くに母がいなくなったので、とにかく学歴だけは取らせて困らないようにさせようとか、そういう考えがあったのかもしれませんが。でも父に求められることに必死に応えていたせいで、あまり外で遊ぶことがなくて。それに、オムライスみたいな楽しい料理も食べる機会がなかったんですよね」

「オムライスって楽しいか？」

「楽しいですよ。ケチャップで絵が描いてあったり、旗が立っていたり、そういうのに憧れました」

お子様ランチのことを言っているのだろう。ルイスも子供の頃は、ファミリーレストランで食べたライスの上に立つ旗を集めていたことがある。

「私は人より頭がいいし仕事も出来るし、出世も早くて、人当たりが良く面倒見もいいので部下からの信頼もとても厚いんですけど」

「自分で言うのかよ」

「まぁ、それなりに優秀ですし」

「うっ……お前の経歴知ってるから言い返せねぇ」

「ふふっ。でも出来ないことが多かったんです」

ルイスが悔しがってみせると、伊織は楽しそうに笑う。

出会ったばかりの頃はもっと淡々としていて、つまらなそうな顔をしていた。だが今は、柔らかい表情で笑うことが増えている。

そういう時の伊織は少し子供っぽく、そんな伊織を自分だけが見れるのが少し嬉しい。

「別に、不幸せな子供時代だったわけではないんですけどね。旗の立ったオムライスも食べれないし、遊園地にも行けない。思春期を過ぎてからはプレイが出来なくて、そのストレスで食事も美味しく食べられなくなって、寝れなくなった。そうなると人付き合いも悪くなって、友人も遠ざかって、ますます出来ることがなくなってしまって」

伊織は自嘲気味に笑う。だが、そこで話は終わらなかった。

「でもルイスさんと知り合ってから、出来ることが増えたんです」

「え……？」

「ルイスさんといると、楽しくて、素直に笑うことが出来て。だから、ルイスさんにはすごく感謝しているんです。ありがとうございます」

伊織がにこりと笑う。

恥ずかしげもなく言う伊織に、頬が熱くなる。

「馬鹿、そうやって素直になられると、俺が照れるだろ」

まだワインが残っているグラスを傾け、恥じらいと一緒にぐっと飲み込む。

伊織はまた、綺麗な手つきでオムライスを食べ始める。その姿はやはり何処か子供のようで、伊織が楽しそうにしている姿を見て妙にホッとした。

それからもルイスは伊織とプレイを続け、時に食事を作り、たまに外食に連れ出したりもした。細身の割に、伊織はよく食べる。それに何でも美味しそうに食べるから、どこに連れて行っても気持ちが良い。

伊織は「誰かと食事をすることがない」と言っていた。だがそれはルイスも同じだった。同伴出勤やアフターをしていた頃はともかく、今はそういう付き合いをしていない。しなくても十分稼げているからで、ルイスは自分のために高い食材を買って、自分で食べて満足している。

その生活に不満はない。

それでも食べた瞬間に目を輝かせる伊織を見るのは、それはそれで悪くない。

プレイと食事だけでなく、セックスもした。

最初の一回は雰囲気に流されただけだったし、その後も続けるつもりはなかった。だがいざプレイとなると互いに気分が昂って、そのまま行為に及んだ。

挿入もした。初めての時は無理だと見送ったし、ルイスもその先を求めるつもりはなかった。だが二度目の時、「挿れたいと言っていたでしょう」と伊織が準備をしていたため、結局ルイスは興奮のまま身体を繋げた。

二度目があれば、三度目もある。

恐らくこういうことは二度目が一番高いハードルで、そこを超えてしまえば三度目以降は流れで行為に至った。

伊織とのセックスは悪くなかった。

プレイに興奮している蕩けた表情の伊織もいいが、セックスの時に切羽詰まって甘く喘ぐ姿もいい。禁欲的に見えるのに伊織は性に対して貪欲で、ルイスの身体に足を絡め、必死に抱きついてくる。

「はぁ、あっ、ルイスさ……っ」

奥を性器で突いてやると、伊織の体はびくりと震えてルイスの性器を締め付ける。

覚えたての伊織のイイ場所を擦り上げてやると、触れてもいない性器から精液を溢す。

プレイもセックスも、ルイスにとっては特別なことではない。以前仕事でプレイ提供していた頃は、一日に三人、四人と客を取ることもあった。セックスも、高級コールガールに金を払って済ませたりしていた。美人でテクニックもある女とのセックスは、満足度が高く金を払う価値があった。

伊織とは一度も金銭の授受をしたことがない。それでも、誰かに金を払っていた時より充足感がある。

（遊馬さんのお陰だな）

特定の相手を作るつもりはなかった。

ずっとそういう相手を作ることに前向きになれず、どんな美女でも金持ちでも、あくまでも仕事としての付き合いをしてきた。だが伊織とのプレイには、意義を感じている。

プレイの回数で言えば、以前より減っている。だが驚くほどルイスのダイナミクスは安定していて、何なら以前よりずっと調子がいい。

（これが信頼関係のなせる業（わざ）ってやつなのか）

以前、加賀宮が「サブとドムのプレイは本来互いの信頼関係で成り立つ」と言っていた。

その説を理解しつつも実感出来ずにいたが、今なら正しいと感じられる。

誰にも従属出来なかった伊織が、今はルイスだけに隷従している。

その特別な事実が、ルイスのドムとしての欲求をより満たしていた。


ルイスが『ミラー』でついに三位を脱したのは、伊織とのプレイと食事とセックスがワンセットになり、二ヶ月が過ぎた頃のことだった。

「万年三位がついに二位かぁ」

「おめでとうございます！」

ルイスを指名する客からは当然祝ってもらったが、仲間内でも祝われた。仕事前の控室でスーツを着込み準備をしていると、入れ替わり立ち替わり同僚に声を掛けられる。

控室にはエンペラーもいる。この男は万年トップで、面倒な開店前準備には関わらない。控室の中で一番いいソファで、ゆるりと寛いでいる。

エンペラーが声を掛けてきたのは、同僚たちが準備のため出払ってからだった。互いに光沢のあるスーツをビシッと着込み、あと三十分もすればホールに出る時刻になっている。

「二位はめでたいけど、調子がいいルイスを見てると微妙にイラッとするなぁ」

エンペラーの売上は、今のルイスでは少し頑張ったところで届かない。そのせいか、この男の祝福には余裕がある。

「どういう意味だオイ」

ソファで足を組むエンペラーを、ルイスはじとりと見る。

「素直に『サスガデススゴイデスネ』って言えよ」

「俺に追い付いたらな」

「クソ、ちょっとは祝えよ。俺が入店した時からの付き合いだろ」

「面倒な奴だな、祝ってやってるだろ。それとも、ハグして耳元でオメデトウって囁いてほしいのか？」

「ウゲェ……」

舌を出して嫌な顔をすると、エンペラーはケラケラ笑う。ルイスがぷいっと横を向くと、しかしエンペラーは急に真面目な調子になった。

「しかし、これも全部伊織クンのお陰だねぇ」

しみじみ言うエンペラーに、ルイスは眉を寄せる。

「何でそこで伊織なんだよ」

「彼と親しくなってからじゃないか、ルイスが調子いいのは」

言われてみれば、そうかもしれない。

伊織とはプレイの相性がいい。伊織と関係を持ってから、フィジカルもメンタルも調子がいいと感じている。そのお陰で前より仕事に身が入るようになり結果的に営業成績も上がったのだとしたら、伊織が成果に繋げてくれたとも言える。

「確かにこんなに相性いいサブは今までいなかったしな。伊織のお陰っちゃお陰かも」

「かも、じゃなくて百パーそうだろ」

伊織とは週に二度は会っている。これほどの頻度で顔を合わせる人間は、遊馬や同僚以外ではルイスの上客の女しかいない。そう考えると、確かに伊織は特別なサブかもしれない。

だが続いたエンペラーの言葉に、ルイスは眉を寄せた。

「やっぱり恋の力は偉大だねぇ」

「は？」

想像もしていなかった言葉に、ルイスはポカンと口を開ける。

「恋……?」

「そうだよ。カネのためにプレイも愛も切り売りするのもいいけど、恋人ってのはまた一味も二味も違うだろ?　お前は一生そういう相手が作れないんじゃないかって思ってたから、伊織クンと上手くいってるのを見て安心したよ」

「いや待て、何言ってんだお前」

ルイスは乾いた笑みを浮かべた。

どうにも、エンペラーは勘違いをしている。

「恋って……俺と伊織は、そういうんじゃねぇから」

ルイスは長椅子から立ち上がる。

「今あいつと続いてるのは、仕事の延長みたいなもんだよ」

今度はエンペラーが、珍しく間抜けにポカンと口を開ける。

「仕事の延長?」

「そうだよ。俺が伊織と会ってんのは、遊馬さんに紹介されたからってだけ。その延長で、今も続いてるだけだっつーの」

「延長って……」

エンペラーは馬鹿にしたように笑って、眉を寄せる。

「よく、彼と一緒に食事に行ってるじゃないか」

「お前だって客と飯くらい行くだろ」

「伊織クンは客じゃないだろ。大体、俺だって同じ客とそんな頻繁に食事に行かないぞ」

「そりゃ遊馬さんに紹介された奴なんだから、多少特別扱いにはなるよ。あと、何より俺と伊織はダイナミクスの相性がいいからな。自然と会う頻度も上がる」

「けど、今はもうプレイだけの関係じゃないんじゃないのか？　そういう意味でも伊織クンは客とは違うじゃないか」

「プレイの延長でヤるのなんて、誰にでもあることだろ。それこそその場の雰囲気と勢いなんだから、愛とか恋なんて関係ねぇよ」

「待て待て」

　エンペラーは目を閉じ皺を寄せた眉間を押さえてから、深く息を吐く。

「じゃあルイスは、遊馬さんに頼まれたから伊織クンとプレイして、その延長で飯食ってセックスしてるって？」

「そうじゃなきゃ何なんだよ」

「そうじゃなきゃって……ふはっ」

　エンペラーは大袈裟(おおげさ)に噴き出して、馬鹿にしたように笑う。

「ママに頼まれたからプレイしてセックスしてるって、中学生か？」

「ああ？」

煽るような台詞に、ルイスは苛立つ。

「自分に恋人がいるからって、俺に価値観を押し付けんな。恋人とかそんな面倒な関係じゃなくても、俺と伊織は上手くやってんだよ。大体、恋人作りたけりゃホストなんてしてねぇし」

「ああ、そういう奴もいるかもな。けどお前の場合、作りたくないんじゃなくて作れないだけだろ。底辺ホスト時代から多少成長したかと思ったが、口が回るようになった以外は昔のままなんだな」

目を細め嘲笑（ちょうしょう）するエンペラーを睨みつけるが、エンペラーは怯まない。

「図星（ずぼし）指されて怒るなよ。お前は相変わらず人と関わることが怖くて、他人を信用出来なくて、理解されずに否定されるのに怯えてる軟弱者だ。愛は金で買うもんだとかなんとかイキってるけど、ただ相手に拒絶されるのが怖いだけだろ。そんなだから、いつまでもホストとしても二流――」

「お前に関係ねぇだろ！」

気がつけば、ルイスはエンペラーの胸ぐらを掴んでいた。高そうな黒いシャツをルイスの手で皺くちゃにされながら、エンペラーはつまらなそうに両手を上げる。だがポーズに反し、まったく降参という顔をしていない。

「ああ、確かに関係ないさ」

エンペラーは、静かにルイスの手を引き剥がす。

「お前が他人を信用しなかろうが、誰とも関われないで孤独に死のうが、俺には関係ないしどうでもいい。本当のこと指摘されてキレて俺の胸ぐら掴むような奴に、これからも負ける気はしないしな。ただお前なんかに引っかかった伊織クンは気の毒だと思うけどね」

「人聞き悪いこと言うな。伊織だって今の関係に納得してる」

「どうだか」

「お前に、伊織の何が解んだよ」

「ルイスよりは解るさ。仕事も恋もお前と違って二流じゃないからな」

エンペラーはルイスを鼻で笑って、席を立って部屋を出ていく。

モヤッとしたものが、胸の中に残る。だが営業時間が近づいてきたため、ルイスはエンペラーを追って仕事に向かった。


それからも、伊織との関係は変わらなかった。

食事をして、プレイをして、セックスをする。それ以上のことは何もなくて、いつも必要な連絡だけをメッセージアプリで連絡して、約束したホテルで会う。

単調ではあるが、問題はない。むしろプレイもセックスも順調で、良いことしかない。

（ほら見ろ）

プレイとセックスを終えて伊織を見送って一人になった部屋で、ルイスはエンペラーの言葉を思い出して鼻で笑った。

エンペラーはすぐに、愛と恋を人に押し付ける。クラブでナンバー1になる秘訣が、本当の恋愛を知っているからだと後輩に話しているのも知っている。

ルイスはいつも、それを心の中で笑っていた。ひとつの成功例なのだと理解は出来るが、それが全てではないし、ルイスには不要なものだと思っている。

「お前は相変わらず人と関わることが怖くて、他人を信用出来なくて、理解されずに否定されるのに怯えてる軟弱者だ」

エンペラーの言葉は、未だルイスの腹に刺さっている。それが図星を指されたせいだと自認はしているが、それでもルイスはエンペラーの考えに同調する気はない。

やや揉めることになったエンペラーの会話から二週間後。

この日も、伊織とはホテルで待ち合わせをしていた。外食をするようになってから、自宅ではなくホテルを使うことが増えている。

部屋に入ると、既に伊織が待っていた。どちらが先に来るかは決まっていない。伊織が先にいる時は、大抵リビングでスマートフォンを弄っている。以前、ネットサーフィンでもしているのかと思って覗いてみたら、仕事をしていると聞いて驚いた。

この日も、伊織は熱心にディスプレイを眺めている。

「また仕事してんの？」

尋ねると、伊織は顔を上げた。

「時間掛かるなら待ってるけど」

「あ、いえ。今日は仕事ではないので大丈夫です」

普通はデートの時に仕事などしない。きっともっと甘い雰囲気になるし、プレイやセックス以外の時間も持つ。だが伊織としていることは毎度同じで単調で、こういうところが、やはり恋人やパートナーとは違うと思う。

今のこの関係に、不満はない。

むしろこの距離が丁度良くて、余計な感情の絡まない関係だからこそ続けられている。セックスフレンドがこの関係を表すのに近い言葉で、あえて言うならプレイフレンドというやつだろう。

だからこのまま変わらなくていいのだ。

ルイスがひとり納得していると、伊織はソファに座ったまま話しかけてきた。

「あの、ひとつ提案をしてもいいですか？」

「提案？」

ルイスは首を傾げながら、ソファに向かう。

こうして会うようになって暫くになるが、伊織から何か要求されるのは珍しい。

「何？　聞ける範囲なら聞くけど」

食べたいものでもあるのなら、今度プレイの前に行ってみるのもいいだろう。伊織とは食べ物の好みが合うから、店を探して食べに行くのが結構楽しい。

だが続いた伊織の話は、そういうものではなかった。

「今度、一緒に行きませんか？」

伊織の手にはチケットが二枚あり、それをルイスに差し出している。

「行くって、何処に」

「取引先の人から頂いたんです。その、私は父にそういう場所に連れて行ってもらったことがないので、一度行ってみたいと思っていて……笑われるかもしれませんが、子供の頃から観覧車は憧れなんです。でも一人で行くような場所ではないですし、誘うような相手も今までいたことがなくて。先方は子供がいる社員にとくださったんだと思うんですが、ルイスさんと行けたらいいなと思って、貰ってきてしまったんです」

恥ずかしそうに、伊織は視線を逸らす。

差し出されたチケットを、ルイスは受け取った。そこにはルイスにも覚えのある観覧車の写真がある。

都内の海の近くにある遊園地で、水族館が併設されている。夜の観覧車自体のイルミネーションも評判だが、観覧車の中から都内の夜景を一望出来るのがデートスポットとして雰囲気がいい。

チケットには、ご丁寧に男女が楽しそうに観覧車を眺めている姿が印刷されている。

その瞬間、ルイスはエンペラーの言葉を思い出した。

『お前なんかに引っかかった伊織クンは気の毒だ』

引っ掛けたつもりはない。だが目の前で恥ずかしそうに頬を染める伊織の表情が、何を示しているのかは二流と言われたルイスでも流石に解る。

「それって、俺ともっとプライベートで出かけたいとか、そういう話？」

「ええ、もしお時間があるのならですが」

伊織は、またスマートフォンを取り出して弄っている。そこで初めて、伊織がこの日見ていたのが仕事のメールではなく、この遊園地のサイトだったのだと気づいた。

「でもルイスさんはお忙しいでしょうから、こうして夜お会いするタイミングでも構いません。夜景が綺麗と聞きましたから、夜でも楽しめると思いますし」

「伊織」

声が低くなった。

伊織が嫌いなわけではない。

だが、やはり「そういう関係」になるつもりはない。伊織は勘違いをしている。それなら、自分はそういうつもりではないと伝えなければならない。

「お前が行きたいってのは、よく解ったけど。でも、行く相手は他で探した方がいいだろ」

「え？」

「そういうんじゃねぇだろ、俺たちは」

その瞬間、伊織の目が大きく見開かれた。

戸惑いと焦りが滲む瞳は、緊張のせいか瞬きの回数が増えて涙で濡れている。

「俺たちはお互いダイナミクス持ちで、プレイしなきゃ生活がままなんなくて、だからプレイするために会ってる。そうだよな？」

「ええ、そうです」

「遊馬さんから頼まれたから、俺はお前とプレイしてる」

「はい」

「お前が飯食えねぇとか何とか言うから、飯も一緒に食ってる。プレイの相性がいいから、セックスもしてる。けど、どっちもプレイの延長だ。この程度のことは、他の奴にもサービスでしてる。お前は今までそういうことがなかったから勘違いしたのかもしんねぇけど、俺にとってはよくあることだ。だからそこまでならいい。けど、お前の誘いはそういうんじゃねぇよな？　だから、俺は応えられない」

本当は他の客とは、セックスも食事もしたことがない。

だが早めにこう言っておかなかったから、伊織は自分が特別だと勘違いした。

「俺はお前とのプレイが気に入ってるし、お前がいい奴だって思うよ。別にお前がイヤとかキライとか、そういうんじゃねぇ。むしろいい関係だなって思ってたし。けど本来、俺とのプレイも飯とかセックスみてぇな擬似恋愛も、金を払った奴だけが受け取れるサービスだ。今は遊馬さんの頼みだから、無償でこうやって会ってる。けど遊馬さんの頼みじゃなきゃ、お前と会うこともなかった。キツい言い方かもしんねぇけど、その線引きはちゃんとしておきたい」

伊織は頭がいい。

この言葉で、ルイスの言っていることを正しく理解している。その証拠に、先ほどまで驚きと焦りに満ちていた瞳の色が、ひどく落ち着いている。遊園地という子供っぽいものにキラキラ輝かせていた目はそこになく、静かな、冷めた色のそれが細められた瞼の間から覗いている。

「そう……ですね」

自然とスリープに入ったスマートフォンを、伊織は静かに下ろす。

「確かに、私が勘違いをしていたかもしれません。突然こんなお誘いをしてしまって、すみませんでした」

「謝るようなことじゃねーよ。俺の恋人だって勘違いさせるのが、俺の仕事だからな」

伊織を責めるつもりはない。

ルイスに勝手に恋をする女など、ホストとしてもプレイヤーとしてもいくらでもいる。恋をしたから金を払ってくれるのだから、その感情を否定するつもりはない。だが期待されたところで応えるつもりはないから、勘違いをされたまま関係を続けたくはない。

「プレイ以上のことは、応えてやれねぇ。けど店に来て金払ってくれたら、デートもしてやれるから。もしそういうのがいいなら、店に来いよ。勿論、プレイだけならこのまま全然続けるし。あ、もしかしてセックスしたから変に勘違いしちまったのかもしんねぇけど、プレイからのセックスはよくあることだから――」

「解っています」

伊織が悪いわけではない。

よくある勘違いだから気にすることじゃない。

これからも変わらなくていい。

そう伝えようとルイスは喋り続けたが、すべて言い終える前に伊織が止めた。

伊織は落ち着いていた。ゆっくりと瞬きをすると、黒い瞳が薄い涙の膜で光る。

「解っています。私はあまり、人との距離を正しく取れるタイプではないと自認はしていたのですが。ルイスさんとの距離も、見誤ってしまったみたいです。ルイスさんはホストですし、相手に恋をさせるのが得意ですもんね」

「それが俺の仕事だからな」

「それなのに私、勘違いしてしまって。お恥ずかしい限りです」

「そんなことねぇよ。俺は恋してもらってなんぼの商売やってっから――」

「そうやって、ルイスさんはナンバー3まで上り詰めたんですもんね」

「今は3じゃなくて、ナンバー2だよ」

「そうなんですか？」

「先月、上がったんだ」

「それは、おめでとうございます」

祝福の言葉と同時に微笑み、伊織は静かにソファから立ち上がる。

ルイスは意図を察した。もう今からプレイという気分ではないのだろう。伊織はきっと、ルイスと恋人のつもりでいた。それを突き放されたのだから、この反応は仕方ない。

「今日は、このまま解散してもいいでしょうか」

想像通りの言葉を言った伊織の表情に、翳（かげ）りはなかった。ただ少し恥ずかしそうな、困ったような表情をしている。

「たぶん、今日はプレイも出来ない気がするので」

「いいよ。そういう時もある」

「せっかくお時間を取って頂いたのに、すみません」

「別にいいって。困ったら、俺はすぐに相手見つかるし」

「そうですね」

「つーかお前は気軽に誰とでもってわけにいかねーんだから、気をつけろよ」

「ありがとうございます」

伊織は静かに微笑む。

だがそれ以上話を続けることはなく、伊織は「では」と頭を下げて部屋を出て行った。

部屋は、一気に静かになる。元々大騒ぎしていたわけではないが、生き物の気配が消えて、広すぎるスイートルームが深い森の中の洞窟のように感じる。

（こりゃ、次はなさそうだな）

静かな部屋で、ルイスは深く溜息を吐いた。

この数ヶ月、伊織以外とプレイをしていなかった。副業も停止していたが、プレイが出来ない以上は再開しなければならない。

ソファに腰を沈めたまま、ルイスはスマートフォンを弄る。以前使っていたマッチングアプリを久しぶりに立ち上げ、空き枠を作ろうと操作する。

だが決定ボタンを押す直前で、指を止めた。

別に数日くらい、プレイをしなくても害はない。それに伊織から連絡が来ないと決まったわけではない。本当に連絡が断たれてからでも、再開は遅くない。

「はぁ」

静かな部屋で、ルイスは二度目の溜息を吐く。
だが上手く空気を吐き出せなかったのか、胸の中が重かった。

「雨瀧、まだ帰らないのか？」

深夜、二十三時過ぎ。

人気のないオフィスで伊織がひとり仕事をしていると、上司に声を掛けられた。四十代の上司は毎日深夜残業をするタイプだが、今日はもう切り上げるらしい。

「ええ、まだ仕事が残ってるので」

「珍しいな」

確かに伊織がこの時間までいるのは珍しい。無意味な長時間労働は悪だと考えているし、普段は必要な仕事を終えればさっさと帰っている。だがここ最近は仕事への集中力を欠いていて、何かと手戻りが多く退社が遅い。

「雨瀧、最近調子良かっただろう。河野が言ってたぞ。時間を気にして上がることが多いから、いい奴でも出来て調子も上がったんだろうって」

「いえ、そんなことは」

「プライベートを詮索するつもりはないが、何にせよあんまり根詰めるなよ」

上司は伊織の場所だけ灯りを残し、他の照明を落としてオフィスを出る。上司が深く掘り下げなかったことに感謝しつつ、誰もいなくなったオフィスで伊織は溜息を吐いた。

六本木の高層ビルの四十二階。

立地も良く夜景が一望出来る最高の仕事環境だが、一面の光の海を見てもまるで気分が上がらない。それどころか憧れていた観覧車からの夜景を連想し、憂鬱(ゆううつ)な気分が余計に沈んでいく。

（馬鹿なことをした）

元々、伊織は恋愛体質ではない。

恋に夢中になるどころか、誰かを好きになった覚えもない。相手から告白され付き合ったことはあるが、別に好きな相手ではなかった。誰とも長続きしないのはダイナミクスによる不調のせいというより、単に恋愛に対しての感度が低かったせいだろう。

そんな幼稚な人間だから、ホストの営業と恋の区別もつかなかった。あるいはルイスが本当に実力のあるホストで、彼の客同様恋に落とされただけかもしれない。

ルイスに騙されたとは思っていないし、ルイスが悪いとも思わない。

そこに恋愛感情がなかったとしても、ルイスと過ごす時間は楽しかった。

ホストだからなのか、ルイスはよく口が回った。他の人間から聞けばきっと「そうですか」としか返しようのない話も、ルイスの口から聞くと楽しかった。子供舌と伊織を馬鹿にしながらも伊織が喜ぶ食事を作ってくれて、美味しいと言えば得意げに笑う顔が好きだった。

そう思うことが増えて、自分にとってルイスが特別で、ルイスが好きなのだと自覚した。

自分を受け入れてくれた、自分がプレイが出来る唯一の相手。

だからルイスも同じ気持ちなのではと思っていたが、それは伊織の勘違いだったらしい。ルイスはホストだから、相手に恋をさせることに長けているだけ。プレイも職業的にしていただけで、伊織が相手ではなくても同じことをする。金銭の対価として欲しいものを相手に与えるだけ。

言われてみれば当たり前のことで、遊馬の知り合いだから一銭の金も払わず過剰なサービスを受けていただけなのに、図々しい勘違いをしていた自分が恥ずかしい。

(目が痛い)

パソコンのディスプレイに向かいながら、眼鏡をずらし顳顬を指先で揉む。

あれから、あまり眠れていない。不眠症が再発し、常に目がカラカラに乾くような痛みがある。頭もボーっとする。誰ともプレイが出来ていないせいだろうが、ルイス以外の誰かとプレイをする気にもなれない。

それに何より、ルイス以外の人間とプレイが成り立つのか解らなかった。

(あの時、「じゃあお金を払います」と言えば良かったんだろうか)

金ならある。

激務に追われて、使い道がないままの金が溜まっている。だからその金をルイスのクラブで気持ち良く散財すれば、ルイスは喜んで伊織の相手をしたのかもしれない。

ルイスはきっと、こういう「勘違いの恋」の相手に慣れている。他の客より多く金を払えば、より丁寧なサービスをしてくれる。金を払い続ければ恋人を演じプレイを続けてくれて、伊織が再度不眠に陥ることもなかったのかもしれない。

とは言え、と伊織は思う。

きっとその関係は長くは続かなかっただろう。金銭によって成り立つ関係と割り切ればいいが、きっと伊織には出来ない。

（どちらかの感情が一方的に強い関係は、その荷重がバランスの糸を切る）

伊織と父親もそうだった。父に悪意はなかった。それが解っていたから受け入れようとして、父の強い感情に押しつぶされた。

バランスの悪い関係は、互いが均衡を保とうとしなければ崩壊する。ルイスにその気がないのが解っている以上、関係維持は難しい。だからあの時の伊織の選択は、きっと正しかった。

伊織はパソコンのキーボードに乗せていた手を下ろし、スマートフォンを取り出す。

メッセージアプリを開くと、ルイスの名前が一番上にあった。連絡を絶っているのに一番上にあるのは、他に連絡を取る相手がいないからだ。

あの一件以来、伊織から連絡をしていない。

取る気になれなかったし、そもそも何と連絡して良いのかも解らなかった。『会いたい』と伝えて返事がないのも怖かったし、『いくらお支払いすればいいですか？』と尋ねて金額が返ってくるのも恐かった。

　何より、ルイスからも連絡がない。いつもは日程やホテルの場所をやり取りしていたが、その類の通知も一切ない。これ以上金銭を伴わずに会うつもりがないという、ルイスからの無言のメッセージだろう。

　それなのに、自分は今も最後のメッセージを眺め、後悔と羞恥の念に苛まれている。

（いつまでも目につくのが良くないな）

　関係を断つと決めたのなら、もう待たない方がいい。

　伊織はルイスとのメッセージ画面を開くと、「ブロック」のアイコンを静かに押した。

＊　＊　＊

「伊織さん、元気がないですね」

　伊織が嵯峨忍から声を掛けられたのは、ルイスと関係を絶って二週間が過ぎた頃のことだった。

　忍は今伊織が担当しているプロジェクトの顧客で、伊織より少し若いがリーダーをしている。お堅い大手企業の中ではあまり見かけないマッシュルームカットの洒落た男で、背が高いが肉付きが薄く、ヒョロっと縦に長い。

知り合ったのは半年前、このプロジェクトが始まった時だった。容姿も目を引く男だったが、頭の回転が早く優秀で、人当たりがいい点でも目立った。だが何より伊織に忍を印象付けたのは、忍がドムということだ。それも温和で落ち着いた様子からは想像がつかない、レグルだという。

忍がレグルだということはプロジェクトが始まった当初、本人から聞いた。

「何かあっては困りますから、プロジェクトマネージャーの雨瀧さんには伝えておきますね」

確かにサブがレグルに対峙すると、抵抗出来なくなる。パワハラになる可能性もあるから、こういう話をしてくれるのはＰＭとしてありがたかった。

だが今回のチームに、サブは伊織しかいない。だから問題ないと忍に伝えると、忍は閑やかに微笑んだ。

「では、雨瀧さんに失礼のないように気をつけなければいけませんね」

忍は丁寧だった。

いつも笑顔を絶やさず、自分の部下にも敬語を使っていた。同僚からは「あの人笑顔すぎて怖いですよ」と言われたことがあるが、伊織はそう思わなかった。客の立場なのに腰が低く、いつも親切丁寧で、これほど仕事がやりやすい客は珍しいと真逆の感想を持った。

フランクに話がしたいからと、「雨瀧さん」ではなく「伊織さん」と呼ばれた。

自分も「忍」と呼んでほしいと言われ――忍は自分の部下にもそう呼ばれていた――、伊織も「忍さん」と呼ぶようになった。半年一緒に仕事をしていてもそこまで親しくなる顧客はいなかったから、慕われているようで少し嬉しかった。

その忍に、此処最近の不調を悟られている。

「元気がないですね」

そう言われたのはチームミーティングを終えた後の会議室で、忍と二人で今後のスケジュールを確認したところだった。

伊織は席から立ち上がり掛けていたが、焦って腰を上げられなかった。

確かに不眠が続いていて、食欲もあまりない。それでは良くないと睡眠導入剤も栄養ドリンクも飲んで、休日にはにんにく注射を打っている。自分の部下にも弱っているところは見せていないつもりだったが、その努力は功を奏していなかったらしい。

「顔色、悪いですよ。大丈夫ですか？」

「す、すみません」

ぱんぱんと片手で頬を叩き、伊織は出来る限り明るい表情を作る。

「少し残業が続いていたので、寝不足で。お客様に心配されるなんて、ＰＭ失格ですね」

「そういうつもりで言ったんじゃありませんよ。純粋に心配なんです」

忍は一粒の珈琲飴をテーブルに置いて、じっと伊織を見る。

「ダイナミクスの不調ですか？」

「えっ？」

「気に障ったのならすみません。ただ俺もダイナミクス持ちなので、ダイナミクスの不調による不安定は少しは解りますから」

温和な微笑みを浮かべ、忍は伊織の横の席に座る。

「当たっていますか？」

「……はい」

少し躊躇いながらも、伊織は頷いた。こんな個人的なことは話すべきではない気がしたが、言い当てられれば隠せない。

「長くプレイが出来ていないので、そうかもしれません」

「パートナーは？　不在なんですか？」

忍が目を丸くして驚くから、伊織は苦い表情になってしまう。パートナーなどいたことはないし、唯一それらしい相手にはばっさり切られたばかりだった。

それが、何となく伝わったのだろう。

「すみません。伊織さんのような素敵な方に、パートナーがいないと思わなかったもので、つい。ハラスメントになってしまいましたね」

「いえ、気にしていません」

慌ててフォローを入れる忍に申し訳なくなって、伊織は素直に話すことにした。

「パートナーは、ずっといないんです。以前少しそういう関係を持っていた方はいたのですが、色々あって今は縁が切れてしまって」

「最近のことですか？」

「比較的」

「やっぱり。少し雰囲気が変わった時期があったので、そうかなと思ってたんです。俺はレグルのせいか、サブの変化に敏感で」

「そんなに解りやすかったなんて、お恥ずかしい限りです」

「恥ずかしがることではないでしょう。ダイナミクス持ちなら誰だってあることですよ」

本当に誰にでもあるのかは解らない。だが今は、忍の優しい言葉がリップサービスだとしても救われる。

「ありがとうございます。忍さんにこんな指摘をされる前に、自分でどうにかすべきだったのに。次の打ち合わせまでにはしっかり体調を整えますので、安心してください」

このままでは仕事に支障をきたす。またクラブに行って、加賀宮に相手をしてもらわなくてはならないだろう。

伊織がスケジュールの空きを思い出していると、忍は意外な提案をしてきた。

「それなら、俺とプレイしてみるというのはどうですか？」

「は……？」

　思わず、伊織は目を見開く。

　忍がドムだと聞いてはいたが、それでもこの男とプレイをするなど想像もしたことがない。そもそも、忍のようにしっかりした優しい人間に、恋人やパートナーがいないとも思えない。

「お誘いは嬉しいのですが、忍さんにもパートナーがいるでしょう」

「俺はいません」

　それとなく断るつもりだったのに、忍は即答する。

「誘われることは多いんですけど、あまり長続きしなくて」

「そう……だったんですか。それは失礼なことを言ってしまいました」

「気にしてません。それより、俺は伊織さんのこと、前から気になっていたんですよ」

「えっ？」

「伊織さん、すごくしっかりしてて、部下からも慕われて尊敬されて、誰から見てもキャリアのエリートって感じじゃないですか。そんな人がサブだってことも意外ですし、何より伊織さんがプレイでどういう風に乱れるのかって想像すると、すごく気になってしまって」

　忍はテーブルの上の伊織の手に自身のそれを重ねる。

一瞬、ぞくりと悪寒のようなものが走った。だが逃げては失礼だろうし、震えたのは手が冷たかったせいだろうと、慌てて忍と向き合う。

「合わないなと思ったら、やめても構いませんから。俺とプレイをしてみませんか？」

「ですが、お客さまとそういうことをするわけには――」

「一度だけでも」

忍は伊織の手を強く握り、引き下がらない。

「このまま伊織さんが体調不良になってしまって、仕事に身が入らないのも困りますから。俺が上司に怒られてしまいます。プロジェクトを円滑に進めるために、チームで飲みに行くようなものだと思ってみてください。プロジェクト推進の一環ということで」

伊織は言い返せなかった。暗に仕事で迷惑を掛けられたら困ると言われているようで、断るに断れない。

一度だけ。

合わなければやめても構わない。

そんな言葉と、普段から知る忍の穏やかな人間性。

それにもう二度とプレイすることもないだろうルイスのことを考えると、この誘いを受けることは悪くないような気がした。

「では、一度だけ……」

未だ躊躇を残しながらも、伊織は頷く。

「良かった！」

忍は返答と同時に頬を緩め、微笑みを返した。

「では、俺がホテルの手配をしますね」

忍はスマートフォンを取り出して、早速日程を確認する。

あまりにも性急な気もする。だがルイスのように「一夜限り」のプレイを提供するケースもあるし、パートナーを持たない人間はこんなものなのかもしれない。


それから伊織が忍と会ったのは、週末の金曜の夜だった。

互いに翌日の仕事がなく、落ち着いて会えるから。そう忍に言われ、ついでに食事をしてからと誘われ六本木の店で待ち合わせた。

特別高級な店でもなければ、洒落た店でもない。ホテルから近い定食屋で、忍はいつも食べているというカツ煮定食を、伊織はもう少し軽めのものがいいと焼き魚の定食を頼む。

緊張のせいか、あまり食欲がなかった。忍は仕事で絡むことはあっても、プライベートの付き合いはない。軽率にプレイの約束をしたものの忍のことがよく解らないし、何より本当にプレイが出来るのかという不安がある。

（失礼に当たらないだろうか）

ルイス以外と、まともにプレイが成立したことがない。ある程度プレイへの忌避感は消えているかもしれないが、「やっぱりダメでした」となる可能性も高い。

一方で、そうはならないだろうという期待もある。

忍はレグル。であれば伊織が従おうとしなくても、命令は「絶対」になる。忍が満足出来るプレイになるかどうかは解らないが、加賀宮同様、何も出来ないことはない。

（忍さんは優しい方だから、そういう対応はしないかもしれないけど）

レグルとて、相手に加減は出来る。無理強いをさせないプレイをする人間もいるから、やはり失敗に終わるのかもしれない。そうなれば余計に迷惑を掛けることになるから、初めから正直に事情を話すべきだったかもしれないとも思う。

だが、今更だった。

既に忍はホテルの予約をしてくれている。引き返すタイミングは、とうに過ぎている。あまり食事が喉を通らないまま、定食屋を出るとホテルに向かった。

ホテルはルイスが使っていたような高級なものではなく、雑居ビルの間にあるレトロなプレイホテルだった。部屋にはリビングなどなく、入るとそこにはベッド。そのすぐ横の扉の奥にバスルームがあり、所謂ラブホテルと同じ構造になっている。喫煙可の部屋のせいか、壁紙は黄色く薄汚れている。

そのことに不満はない。むしろルイスがやり過ぎだったし、そのルイスも昔はこういうホテルを使っていたと言っていた。だからそれは構わないが、プレイ以外にすることのない部屋に気が張り詰める。

だが伊織の緊張など関係なく、忍は部屋に入るなりプレイの準備を始めた。

「セーフワード、決めましょうか」

忍は、シャツの裾を捲り上げながら尋ねる。

「何か希望はありますか？」

「これというものは……」

「じゃあ『やめろ』にしましょうか」

近くのソファに荷物を下ろすなり、忍は提案する。

「少し言いにくいものの方がいいでしょう。『やめて』ではすぐに言ってしまいそうですし。普段伊織さんが言わないような言葉の方がプレイしやすいと思います」

「はい、それで構いません」

伊織が頷くと同時に、忍はどすりとベッドに座る。

伊織は戸惑った。忍は、もうプレイを始めるつもりでいる。それなら風呂に入ってきた方がいいのか、あるいはそんな余計なことはせず今すぐにプレイを始めるべきなのか。少し雑談でもするのか、そもそもプレイとして何処までを求められるのかも解らない。

何も解らず動揺する伊織を他所に、忍はネクタイを緩めて足を組む。

「伊織」

そこで突然名前を呼ばれ、伊織は驚いた。

普段仕事の絡みでは、呼び捨てにされたことなどない。それがプレイ開始の合図のようで、伊織は反射的に身体をビクつかせてしまう。

「何……でしょうか」

「プレイの間は、『伊織』と呼んでもいいですか？」

「え……？」

「プレイの始まりと終わりの境界も解りやすいですし。それと敬語も取らせて頂きたいのですが」

「ええ、構いませんが」

「では、俺が次に伊織と呼んだらプレイ開始にしましょう」

「はい」

「じゃあ、いいね伊織？」

ごくりと、カラカラの喉に唾液を送り込む。あまりに突然で、むしろ境界が曖昧なままプレイが始まった気がする。

だが、それを気に留める余裕はなかった。

「ストリップ」

目を細めコマンドを放ち、忍はじっと伊織を見る。

温度が急激に下がったように冷めた瞳に、伊織は身震いする。

怖い。

それは過去のトラウマのせいというより、忍の雰囲気のせいな気がする。まるで蛇に睨まれた蛙のように、身動きすることが出来ない。そんな伊織に苛立ったのだろう。

「どうした？　早く脱げと言ってるんだ」

不機嫌そうな声が、部屋に響く。

「ニールのあとに脱がせるのは面倒だからね。先に全部脱いでもらうよ。それとも、伊織はストリップも出来ない出来の悪いサブなのかな」

「あ……、その――」

「伊織、ストリップ」

グワっと強い圧を感じる。

グレアだった。レグルのグレアを浴びるのは初めてではない。だがクラブで加賀宮が放ったものとは、何かが違う。畏怖を感じるほどのそれに、ぞわりと肌が粟立つ。

動かしたつもりのなかった指先がひくりと震え、その手は自然と首元のネクタイを外していく。しゅるりと外れたそれを床に落とすと、次にシャツのボタンを外した。

コマンドの強制を受けたのは、久しぶりだった。

自らの意思で何度もクラブで繰り返したことだが、慣れるものではない。

コマンドの強制は、何も催眠術のように操り人形になるわけではない。強いグレアはサブに畏怖を植え付け、その恐怖で相手を支配しコマンドの実行を強制する。

この時感じる恐怖は、どうにも形容しがたい。崖から地の底に落とされるような、額に刃物を突きつけられるような。「従わなければもっと恐ろしいことになる」と判断した脳が、伊織の意志を無視して勝手に身体を動かしている。

シャツを脱いでも、忍のコマンドは終わらない。

「全部脱げ」

そう言われたわけではないが、視線が、発せられる威圧がそうしろと言っている。

さして温度調節されていないその部屋で、伊織は着ているものをすべて脱いだ。ベッドに座るスーツ姿の忍の前で、伊織だけが全てを晒している。

忍の視線を、ずっと感じていた。きっとそれは、普通のサブなら気持ちのいいものなのだろう。だが伊織には、忍の冷めきった目が恐ろしい。

「遅い」

苛ついた声が、室内に響く。

「伊織は、もっと優秀なサブなのかと思ってたな」

「すみ……ません」

「伊織がこんな出来の悪いサブだなんて部下に知られたら、笑われてしまうね。俺が伊織の部下に教えてあげようか」

「い、言わないで――」

「ニールだ伊織」

コマンドと同時に、ガクッと膝が折れる。背後から膝の裏を突かれたように、身体が崩れ落ち床にぺとりと尻を着けた。

忍がベッドから立ち上がる。忍の姿を見上げると、気道が開いて一気に酸素が肺に流れ込んだ。その空気に溺れるように、呼吸が苦しくなる。

「うーん、本当に出来が悪い。想像と随分違ってたな」

「ご、ごめんなさ……」

「プレゼント」

再び強く感じたグレアに、身体がびくりと跳ねる。それだけでなく肉体は忍に対する畏怖に支配され、伊織の意志を無視して尻を着けたまま足を開き性器を忍に見せる。くたりと萎えたままの性器を、忍はつまらなそうに見下ろした。

「うん、良く出来たね。じゃあ、そのまま自慰をして」

「あの、待って――」

「反抗は感心出来ないな。それとも、もっと痛い目を見ないと伊織はこの程度のことも出来ないのかな？」

柔らかく、忍が微笑む。

普段見ている忍の温和な笑みと変わらないのに、感じたことのない恐怖に身体が震える。

「伊織、それじゃ見えない。もっと足を開いて。俺によく見えるように、ペニスを扱くんだ。ただし俺がいいと言うまでイってはダメだよ。伊織に自由はないんだ。俺が全部コントロールする、いいね？」

したくない。

晒したくない。

これ以上この男に見られたくない。

そう思っているのに、己の意志とは違う何かが「従わなければ」と肉体を動かしていく。足を開いて、萎えたままの性器に手を伸ばす。

だが性器を握りその先に進む前に、伊織は意識を手放した。


その後伊織が目を覚ましたのは、二時間ほど経ってからのことだった。時間が解ったのは、サイドテーブルに置かれたデジタル時計が視界に入ったからだ。

深夜二時前。

自分は裸のまま。見慣れないシーツに見慣れない壁。薄らと開いたカーテンの隙間から、

東京タワーが見える。

ホテルの場所を正確に把握はしていない。だが同じ港区だから、東京タワーが見えるのはおかしなことではない。

それにしても、今見たいものではなかった。

以前、ルイスは東京タワーの見えるホテルでサービスを提供していたと言っていた。

「内装は凄ェ古いんだよ。レトロって言えば聞こえがいいけど、要するにオンボロ」

喫煙可の部屋だったせいで、壁紙が黄色いと言っていた。そういえば、この部屋の壁紙も黄色い。だが今寝ているベッドはウォーターベッドではないから、ルイスが使っていたホテルではないだろう。

今この状態でなおルイスのことを思い出す自分が嫌になった。

(サブドロップになったのか)

身体だけでなく、頭も重い。

レグルの強制的なプレイで落ちるのは何度も経験しているが、慣れるものではない。身体よりむしろ脳が疲れてしまっていて、身体の動かし方すら忘れたような状態になる。

忍が先に帰ったのなら、せめて外が明るくなるまで眠りたい。とはいえ、この部屋はいつまで使っていいのだろうか。

横になったまま考えていると、背後でカチっというライターの音が聞こえた。気配を感じなかったからいなくなったのかと思っていたが、忍は背後に座っていた。

マットレスに手をついたのか、ギっと音がしてベッドが揺れる。同時に鼻を刺すようなキツめの煙草(たばこ)の匂いがして、伊織は思わず手で鼻を覆った。

その動きで、伊織が起きたことに気付いたのだろう。

「あ、起きました？」

普段の口調に戻った忍が、伊織に声を掛けてくる。

「突然ぶっ倒れちゃうんで、びっくりしちゃいましたよ。あ、この部屋はさっき宿泊に変えておきましたから」

「ありがとうございます」

手を煩(わずら)わせたことが申し訳なくて、伊織は重い身体を何とか起こす。見ると忍は部屋に入った時と何も変わらない格好で、ベッドに座りモクモクと紫煙(しえん)を上らせている。

「すみません、お手数をお掛けしてしまいました」

「いいですよ」

相変わらず、忍は人の好さそうな笑みを浮かべている。

「時々、こういうことありますから。でも大丈夫ですよ。どんなダメな出来の悪いサブでもね、続けれてば皆、プレイ出来るようになるんです。だから伊織さんも大丈夫。次は、もっと頑張りましょうね」

元々細い忍の目が、糸のように細められる。

「頑張れば、伊織さんもいい子になれますよ」

手を伸ばし、忍が伊織の頬に触れる。

同時に腹の中からゾワっとした何かが湧き上がり、伊織は動けなくなった。

「時間を掛けて、俺が伊織さんを躾けてあげますからね」

「あの、私は——」

「いい子に出来たら、チョーカーをあげます」

穏やかな口調で忍は伊織の声を遮る。ドムがサブに贈るチョーカーは、一般的にパートナーの証だ。その証に憧れがないわけではないが、それでも忍から欲しいとは思えない。

「いつも、そうしてるんです。聞き分けのない子がちゃんとコマンドに応じられるようになるのって、すごく可愛いんですよ。だからご褒美にチョーカーをあげるんです。伊織さんにも、俺が似合うものを選んであげますからね」

忍は頬を撫で、そのまま指先を伊織の首に持っていく。中指の腹でチョーカーの代わりのように首を柔く撫でると、忍はベッドから立ち上がった。

「じゃあ、俺は先に出ますから。伊織さんはゆっくりしていってください」

「ありがとう、ございます」

「また連絡しますね」

忍は一方的に言って、荷物を拾い上げると部屋を出る。

伊織は呆然とした。頬に触れられてチョーカーを渡すと言われ、寒気と吐き気を催した。従いたくない、触れられたくない。これ以上プレイを続けるのは無理だと確かに感じたのに、恐怖のせいか拒絶が出来なかった。

口の中がカラカラに乾いている。

じっとりと嫌な汗が滲んでいる。

（断ることが、出来るんだろうか）

忍とは、仕事で顔を合わせる。たとえ連絡先を削除したところで、いつでも連絡が出来てしまう。そして会えば忍はレグルの強制力で、いくらでも伊織を支配出来る。一度畏怖を植え付けられてしまった以上、それは容易い。

先の不安を覚えながらも、伊織はベッドから立ち上がった。

見れば、服は床に脱いだままになっている。それを一つずつ拾い上げ、下着を身に付けシャツを着て、パンツを穿いて何とか部屋を出る。このまま泊まっても構わないと言われても、これ以上この場所にいたくなかった。

ホテルを出て、タクシーを拾うべく大通りの方に向かう。一刻も早く、この場から立ち去りたい。そう思い足を速めたが、聞き覚えのある声に足を止められた。

「あれ？　何してるのこんなところで」

声の方を振り返ると、見覚えのある男が立っている。さして親しかった相手でもないのに、伊織は思わず胸を撫で下ろした。

「愛美(あいみ)って、ルイスと付き合ってるんでしょ？」

「そうだけど」

「いいなぁ。ルイスってほんとカッコいいよね」

唐突に耳に入った自分の名前に、ルイスは足を止めた。

次の講義まで時間がある。だから空き時間に恋人に会いに行こうと、愛美がいそうなキャンパスの空き教室を探していたのだ。だが探すまでもなく、目の前の教室に恋人がいると解った。廊下まで、愛美と友人の声が聞こえている。

「二年生の中じゃ抜群じゃん。羨ましいよ」

愛美がいるのなら、すぐに中に入ってもいい。だがこのまま自分が褒められるのを聞くのも悪くないと、ルイスは教室の外で耳をそばだてる。しかし続いた愛美の言葉に、ルイスは嫌な汗が吹き出した。

「うーん、確かに目の保養にはなるけどね。話は全然面白くないよ」

「マジ？　ウケる」

「ルイスって顔はいいんだけどさ、ちょっとダサって思うとこない？」

「あー、解る。ちょっと頭悪そうだし、そこはかとなくダサい」

「そう、そこはかとなく！　わかるー！」

キャッキャとした恋人とルイスも知った友人たちの笑い声が、静かな廊下まで響く。

「ね、黙ってればカッコいいんだけどさ。話もつまんないし、女に慣れてそうなフリして全然慣れてないよね」

「そうそう、奥手っていうのとも違ってて、純粋にコミュ障って感じ」

「それってやっぱ、中学生の頃根暗だったたからじゃない？」

「え？　ルイスって根暗だったの？　今の見た目から想像つかないんだけど」

「同中だった友達がいるんだけど、教室の隅にいる地味な奴って感じだったらしいよ」

「あー、それ、言われたらめっちゃ解る。付き合っててもさ、本人は面白いつもりなんだろうけど、コイツ中身ないなーって思うこと多いんだよね。一緒にいて恥ずかしいこともあるし」

「黙ってたらかっこいいんだけど、喋るとダメなタイプだよね」

「それ！　大学デビューで、ちょっとモテるからって勘違いしてるタイプ」

「いや、それ高校の時かららしいから」

「マジで？」

恋人の残酷な一言と、同調し嘲笑する声。

女たちのキャハハと高い声が頭の中で共鳴し、頭の奥にガンガン痛みを呼び起こす。足元はふらつき、頭痛は徐々に下に降りて目の前を暗くしていく。

真っ暗になり、女の声だけが頭に響き、何も見えなくなり――

そこで、ルイスは目を覚ました。

ガバッと起き上がると、自宅のベッドの上だった。布団を握りしめる手も背中も腹も、じっとりと嫌な汗をかいている。肌に張り付いた寝衣をギュッと握って剥がしてから、ルイスは大きく息を吐いた。

（久しぶりに見たな）

この嫌な夢を見るのは初めてではない。

若い頃は何度も見たし、似たような夢も何度も見た。出演する人間は様々だが、夢を見る度に魘（うな）された。それに目覚める度に、自分が嫌いになって人も嫌いになる。

何せ、これはただの夢ではない。

忘れようとしても忘れられない、思い出したくもないルイスの過去だ。

夢の中の女たちが言っていたことは、嘘ではない。事実、中学生の頃のルイスは冴えない男だった。

運動も得意ではないし、勉強もそこそこ。身長は高く容姿が悪いわけではなかったが、人と関わるのが苦手で虐（いじ）められることもあった。

好きでそうなったわけではない。クラスの人気者が羨ましかったし、自分もそうなりたいと願っていた。ただ何をしても中途半端で自信がなく、虐（しいた）げられる立場に慣れてしまっていた。

そんな自分を変えるきっかけになったのは、中学を卒業した春休みの出来事だ。

「君、少し撮影に協力してくれないか？」

そう、雑誌の編集者に声を掛けられたのだ。誰が見ても冴えない男だと思っていたのに、祖父に西洋の血が混じっているからなのか、編集者の目に留まった。

そこで、ルイスは雑誌のモデルをすることになった。髪を切られ眉を整えられ、メイクをされ服も整えられた。多くのスタッフに囲まれ百枚以上の写真を撮られ、しかし掲載されたのは一枚だけ。

だがその一枚が、ルイスの人生を変えた。

プロが手を入れた自分は一皮も二皮も剥けて、まるで別人だった。ルイスが女から声を掛けられるようになったのは、その頃からだ。今までのことが嘘のように、放っておいても注目を集められるようになった。

憧れていた、遠目に見ていたキラキラした世界。

そこに自分がいられることが嬉しくて、告白してきた女と片っ端から付き合った。だからキスもセックスも同級生に比べれば早い方だった。

だが良い恋愛をしていたかというと、そうではない。

付き合った女とは、誰とも長続きしなかった。いつも女の方から別れたいと切り出され、ちゃんと理由を聞けないままに終わった。その理由を知ったのは、大学二年の時。当時の恋人だった愛美が友人たちと話しているのを、偶然聞いたからだ。

当然、ショックだった。

告白してきたのは女の方だったとしても、いつも相手を大切にしてきたし、相手に対して本気だった。自分を好きになってくれた分愛情を返して喜んでほしくて、恋人にはいつも夢中になった。楽しませて、相手の笑顔が見たくて、必死になって。

だが本気になっていたのはルイスだけで、相手はルイスをアクセサリー感覚でしか見ておらず、それどころか「中身がない」とルイスを陰で馬鹿にする。

以来、ルイスは人と付き合うのをやめた。

恋愛など、無駄で不要なものと思うようになった。愛も恋もなくても、人と付き合えるしプレイもセックスも出来る。愛も恋も言葉と演技でいくらでも作れるし、本気になって傷つけられるくらいなら、初めからしない方がいい。

もう二度と誰かを好きになどならない。

むしろ自分を好きになった相手を、今度は自分から捨ててやればいい。

ホストを仕事に選んだのは、そんな思考があったからだ。

だがそんな考えでホストを始めたから、初めはまったく売れなかった。一度客がついても継続指名に繋がらず、顔で採用したクラブはルイスをお荷物のように扱った。

何もかも上手くいかず、路上で倒れていたところを遊馬に拾われたのはその頃だ。あの時、遊馬に拾われなければ、そしてエンペラーのような面倒見のいい男が近くにいなければ、ルイスはそのまま潰れていたかもしれない。

そこから、ルイスは再起した。

副業として始めたドムとしての仕事が上手くいき始めると、それが自信に繋がってホストの仕事も好調になった。当時からナンバー1だったエンペラーから話術を盗んで、先輩ホストに倣ってマメに客に連絡をした。本当の恋人のように客に接し、金の分だけ作りものの愛情を注いだ。そうしているうちに、気がつけば看板を掲げられるまでになったのだ。

三位の看板を見た時、ルイスは深い充足感を得られた。

ナンバー1ではない。それでも三位は人から愛されている証で、自分が求められている証でもあった。今まで自分を馬鹿にしてきた女に復讐出来た気がしたし、これからも金のためだけに他人に愛情を注ごうと決めた。

長い間魘されていた夢を見なくなったのは、その頃からだ。

（なのに、何で今更）

ルイスは項垂れて、片手で頭を抱える。

最近は自分でも自覚があるほどに調子が悪いし、いいことがない。

万年三位を脱して、月間売上二位に浮上したのは一ヶ月半前。だがキープできたのはたった一ヶ月で、今やルイスの順位は四位に陥落している。後輩が「一瞬の躍進だった」と陰口を叩いているのは知っているが、事実すぎて反論する元気もなかった。

一方で、不調の原因は解っている。

今日見た悪夢の原因も、恐らく同じだろう。

まともにプレイが出来ていない。

これ以外に、考えられるものがない。

伊織と関係を絶ってから、ルイスは勿論他の相手を探した。副業を再開し、予約枠を空ける。ルイスは元々人気のドムプレイヤーだったから、すぐに相手は見つかった。

客と会い、金を貰い、プレイをする。

金銭が伴う以上プレイにはしっかり応じたし、客のサブも満足して帰っていく。

だが、ルイスが満足することはなかった。

今までこんなことはなかった。必要最低限のプレイは出来ている。だからそれで十分なはずなのに、誰とプレイをしても焦燥感が残る。

バケツ一杯に水を注いでも、何処に空いているのか解らない穴から漏れてしまっている。そんな心地だった。

いつもより激しいプレイをすれば、マシになるかもしれない。そう思って普段は使わない「プレゼント」を使い女を脱がせてみたが、気分が下がっただけだった。

(伊織との相性がよっぽど良かったんだな)

誰とのプレイでも満たされないのは、一度相性のいい相手とプレイをしてしまったせいだろう。高級肉ばかり食べていたら、スーパーの肉が安っぽくて食べられなくなる。だが逆に、スーパーの肉ばかり食べ続けていればまたその味に慣れていく。

だからこの生活を続けていれば、そのうち慣れて、心も身体も安定し、少なくともナンバー3くらいまでは返り咲けるだろう。

ルイスはそう思っていたが、簡単にはいかなかった。

「この前祝ったばかりなのに、あっという間の陥落じゃないか」

遊馬にまでそう言われたのは、仕事上がりにバー『炎』に立ち寄った時のことだ。事実ではあるが、どうでもいい同僚たちの言葉と違い、グサリと胸に刺さる。

「遊馬さんまで、そんなこと言わないでくださいよ。ちょっと調子悪かっただけで、またすぐに三位に戻りますから」

「本当か？　この前エンペラーが来た時、今月もやばいって聞いたぞ」

「クソ、あいつペラペラと……」

苦い表情のままルイスがカウンターに座ると、遊馬はコンソメスープを出してくれる。最近は食生活も滅茶苦茶だったから、温かいスープが五臓六腑に染み渡る。ルイスがほっと息を吐いていると、遊馬は「これもエンペラーから聞いたんだが」と話を続けた。

「伊織と終わりにしたんだってな」

長く耳にしていなかった名前を聞いて、カップを両手で持ったままルイスは遊馬を見る。

伊織との関係を終わりにしたのは、一ヶ月以上前。悪いことをしたとは思っていないが、何となく気が引けて、遊馬には話せずにいた。

だが問われれば、無視出来る話ではない。

「すみません。ちゃんと話してなくて。あんな奴からじゃなくて、俺からちゃんと話すべきだったのに」

「大袈裟だな」

心底申し訳ないと思って言ったのに、遊馬は苦笑する。

「俺はルイスの親でも伊織の親でもないんだから、いちいち報告義務なんてないさ」

「けど――」

「お前も伊織も子供じゃないだろ。相性が悪けりゃ終わりになるし、相性が良くてもダメになる時はダメになる。人との関わりなんてそんなもんだ」

遊馬の言葉に、ルイスを責めるような色はない。

それでも、ルイスは苦い気持ちになった。

伊織との相性は、きっと良かった。それはプレイだけではなく、人としてという意味も含めてだ。

遊馬がいなければ交わることすらなさそうなタイプだったが、一緒に過ごす時間は楽しかった。大したことも出来ないプレイでも充足感があったし、セックスも気持ち良かった。もし伊織がそれ以上のものを求めたりしなければ、今もプレイを続けていただろう。

あの時間を手放したことを、惜しむ気持ちがないわけではない。

だが伊織と恋人になるという選択肢は、ルイスの中になかった。それなら先に進む前に終わらせるのが正解で、今の状態は正しい選択の結果だろう。

だが続いた遊馬の不穏な話に、ルイスは目を見開いた。

「ただ最近、伊織がウチにも顔を出さなくてな。少し心配ではあるんだ」

「え……？」

ルイスはぎゅっとカップを握ったまま、遊馬を見る。

「アイツ、顔出してないんですか？」

「ああ。最後に来たのは一ヶ月くらい前になるな。仕事が忙しいだけならいいんだが、伊織は忙しくてもフラッと立ち寄るタイプだったんだ。こう長く顔を見ないと、少し心配ではある。何もなければいいんだがな」

遊馬は苦い表情で肩を竦める。

その表情に、ルイスは急に不安になった。

ひと月前となると、ルイスと別れた頃になる。ルイスと顔を合わせたくないだけなら良いが、それならルイスのいない時間を見計らって来ればいい。遊馬に心配を掛けるようなことをするとは思えず、一切顔を見せないというのはおかしい。

（何処で、何してんだ）

伊織は頭がいいのに、危なっかしいところがある。

睡眠不足を補うために、サブドロップにされることを求めたくらいだ。何処で何をしていても驚かないが、その「何」が危険なものではないという保証はない。

「見かけたら、店に来るように言っておきますよ。どうせまた、例のクラブにでもいるんでしょうし」

最後に会った日の動揺を滲ませていた伊織の顔がチラつき、ルイスはそれを振り払うように笑顔を作る。

伊織に会う予定もなければ、見かける予定もない。だが「きっとクラブにいる」と言って笑っておかなければ、自分が不安になった。

別に伊織を探す義理はない。

もう関係ないのだから、放っておけばいい。

そう思う自分も確かにいるのに、伊織の今の所在を確かめなければ、どうにも落ち着かない気持ちになっている。

結局、ルイスはスープを飲み終えると同時に『炎』を出た。その足で向かったのは、クラブ『ダブルシークレット』だ。

きっと、伊織はこのクラブにいる。

というよりいてほしいし、それ以外に考えられなかった。

あの性格だから、伊織がすぐにパートナーを見つけられるとは思えない。それでもサブである以上プレイは必要だから、知った人間のいる古巣に戻るのが普通だろう。『ダブルシークレット』には加賀宮がいる。たとえプレイが成立しなくとも伊織の面倒を見てくれるし、一番安全で安心出来る。

クラブの中に入ると、相変わらず独特の空気が漂っていた。暗い店内に毒々しい蛍光色のネオンが光り、重低音の音楽が鳴り響いている。

「すみません、ちょっといいですか」

ルイスは奥に進んで、すぐに黒スーツのスタッフを捕まえた。

「この店のスタッフ……というかドムプレイヤーを探してるんですけど、名前言ったら探してくれます?」

「ええ、接客中でしたら少しお時間いただきますが、連絡は出来ますよ」

「加賀宮ってドムを探してるんですけど」

「加賀宮ですね。プレイのご予約はしていますか？」

「いえ、俺もドムなんでプレイとかじゃ……ただ、話したいだけなんですけど」

スタッフは怪訝(けげん)な顔をした。当然だ。こういうプレイをするためのクラブで、ドムがドムに用があることは基本的にない。

「あの、怪しい者ではなくて……その、顔見知りです。名前を言えば伝わると思います」

ルイスは慌ててホストの名刺を取り出して、スタッフに差し出す。するとスタッフはすぐに取り次いでくれて、バーフロアで待つよう言われた。

バーで酒を頼んで、加賀宮を待つ。一口飲んだが落ち着かないせいかあまり味がせず、すぐにテーブルに置く。

それから三十分ほど経って、加賀宮が現れた。

「久しぶりだな」

加賀宮は相変わらず「イケてるオヤジ」といった出立ちで、黒いシャツに白い髪が映えて目立つ。

「どうも」

「名前を聞いて、本物か一瞬疑ったぞ。もう来ないと思ってた。俺に用だって？」

「はい、ちょっと確認したいことがあったので。急にすみません」

「確認したいこと？」

「伊織のことです」

ルイスは単刀直入に切り出した。

「最近、姿を見ないもので……というか、色々あって俺は今連絡取ってないんですけど、遊馬さんも伊織のこと見てないらしくて心配してて。それで、加賀宮さんなら知ってるんじゃないかと」

伊織には、他に頼れるドムがいない。であれば絶対にこの場所に戻ってきているはずだし、数日前に来たと加賀宮が言えば、そのことを遊馬に報告すればいい。

だが加賀宮の返答は、ルイスが想定したものではなかった。

「伊織なら、あれから一回も来てねぇぞ」

「え……？」

ルイスは息を呑む。

「来て、ないんですか？」

「ああ。お前が連れ帰ったのが最後だ。意外じゃあるが、何だかんだでお前と上手くやってるんだと思ってたんだが。違ったのか」

「いえ、上手くやっていたんですけど……色々あって……」

加賀宮の眉間に、深く皺が寄る。

言いたいことは解る。加賀宮はルイスを信用して、サブドロップになった伊織を託したはずだ。それなのに「今は行方知れずです」となれば、軽蔑もしたくなる。加賀宮はルイスより長く伊織の面倒を見ていたから、ただの客以上に伊織を気にかけていたに違いない。

「いつの話だ」

「一ヶ月半くらい前です」

「流石に、そんだけの間プレイしてねぇってのは考えらんねぇな」

「ええ、だから此処に来ているものだとばかり」

「来てねぇよ。ってことは、他で賄ってるんだろうな」

当たり前ではあるが「他で」という言葉に、ルイスは指先が震える。

ダイナミクス持ちなら、プレイをしなければ不調になる。誰かとプレイをするのは当然だが、伊織が見知らぬ誰かと、と言われれるとゾッとする。

ニールの一つも出来なかった伊織が見知らぬドムに膝を折るのも、蕩けた表情で気持ち良くなるのも、想像するだけで吐き気がする。

あまつさえ、その見知らぬ相手にセックスを求めて、甘く喘ぐのか。

その先を想像しそうになったところで、ルイスは正気に戻った。加賀宮が苦い表情で「心配だな」と言ったからだ。

「前にも言ったが。伊織はよく、ヤベェ奴に目を付けられるんだよ。ああいうダイナミクス以外は完璧な男を強制的に支配したいってドムは、いくらでもいるからな」

加賀宮は目を細める。

「ウチに来てねぇってことは、他のクラブでってこともねぇだろ。クラブなら此処が一番馴染みがあって来やすいだろうし」

「ええ、俺もそう思ったんで此処を訪ねて来たんです」

「けどクラブじゃねぇってことは、他で相手を見つけてるってことだ。誰とでもってタイプじゃねぇから、どうやって見つけたのかは解らねぇが。悪い相手に捕まってねぇといいんだがな」

加賀宮は深い溜息を吐く。

話はそこで終わった。加賀宮が何も知らない以上これ以上話しても仕方なかったし、次のプレイの予約が入っているという。

バーフロアに残されたルイスは、呆然とした。此処に来ればモヤついていたものが消えると思っていたのに、余計に不安を煽られる結果になった。

仕方なくルイスはクラブを出て、暗くもけばけばしい歓楽街を歩く。キラキラ輝く看板の明かりやネオンが、頭の中を余計にぐるぐるさせてくる。

(何処で、何やってんだアイツは)

ふつふつ腹から湧き上がるものが、不安なのか不満なのか、心配なのか怒りなのかも解らない。

（遊馬さんにも加賀宮にも心配掛けやがって）

そういう憤りかと思いながらも、そうではない気がした。

伊織が何処で何をしているのか。それが解らないことへの焦りが大きい。

（俺がいなきゃ、ニールすら出来なかったくせに）

伊織が自分以外を選ぶ可能性を、考えなかったわけではない。

自分から手を離したのだから、当然の流れではある。だが想像すると苛立ちが込み上げて、歩く足が無意識に速くなる。

初めから、伊織とはパートナーではない。そもそも付き合ってもなければ別れてもないのだから、伊織のことをどうこう言える立場ではない。それでも「伊織が心を許したのは自分だけだ」という自負があるし、自分と一緒に克服したプレイを誰とも知らない人間とすることが今更ながら受け入れられない。

「悪い相手に捕まってねぇといいんだがな」

加賀宮の声が頭の中に残っている。

伊織は馬鹿ではない。だから変な投資の話だとか怪しい壺売りだとか、そういう詐欺に引っ掛かることはないだろう。だが碌でもないドムに引っ掛かる素質は持っている。

「クソ」

舌打ちをして、ルイスはスマートフォンを取り出した。

解らないから、苛立っている。

それならもういっそのこと連絡を取って、今何処で何をしているのか本人に聞いてしまえばいい。

（ケンカ別れしたわけじゃねぇし）

顔認証でロックを外すと、そのままメッセージアプリを立ち上げる。

一度だけ通話をつないで、遊馬が心配していることを伝えて、彼の代わりに電話をしたとか言って終わりにすればいい。

ルイスはそう思いつつトーク画面を開いたが、しかしそこで異変に気づいた。

伊織とのやりとりは確かに残っている。だが最後のメッセージの下に『伊織さんはあなたをブロックしました』の文字がある。それはこれ以上メッセージが届かないこと、通話ボタンも押せないことを示している。

「マ、ジか……」

賑やかな繁華街に、ルイスの声が溶けて消えた。

どうしてと思いながらも、その理由など自分が一番解っている。

先に伊織を拒絶したのはルイスだった。どうしても何もなく、物分かりのいい伊織は正しくルイスの言葉を受け止め、適切な判断をしただけだろう。

（いや、それでもブロックは……）

やりすぎだと思いながら、スマートフォンを持つ手が震える。

だが連絡を取る手段を断たれた今、もうルイスに出来ることは何もない。

結局、ルイスは諦めた。

というより諦めるしかなかった。他に出来ることと言えば、町中歩き回って探すくらいしかない。伊織と共通の知り合いの遊馬と加賀宮も行方を知らないのだから、これ以上何もしようがない。

伊織とはその程度の関係なのだから、もうこれで考えるのは終わりにしていいだろう。

ルイスは自分に言い聞かせたが、その日はなかなか寝付けなかった。寝返りを打っては目を開け、最後に時計を見た時はベッドに入ってから五時間が経っていた。

翌日、目を覚ましたのは夕方近くで、もうホストクラブの勤務時間が近づいていた。

（眠い……）

頭がボーッとする。睡眠の時間というよりは質の問題で、色々考えすぎて脳が擦り切れている。

不眠だと言っていた伊織は、さぞ辛かっただろう。

そう思ってから、また伊織のことを考えていると気づき頭が痛くなった。

クラブの開店の一時間前、ルイスはマンションを出た。疲れていることもあって、僅かな距離をタクシーで移動した。店では、同僚が開店準備をしている。それを横目に、ルイスは控室に向かった。

　控室にはエンペラーがいた。この男は、開店前の準備を手伝わない。それが順位に胡座をかいているわけではなく、単に若手に気を遣わせないためだとルイスは知っている。

「いい顔色じゃないか」

　ルイスが部屋に入るなり、エンペラーは笑った。解りやすい嫌味に苦い気持ちになるが、自分でも顔色が悪いことくらい解っている。反論の言葉が見つからないまま、ルイスは荷物をロッカーに突っ込む。

　ただでさえ気分が上がらない。余計な会話は止めておこうとルイスは無視を決め込んだが、エンペラーはルイスを放っておかなかった。

「ルイス、ひとつ聞いておきたいんだけど」

「何だよ」

「あれ以来、伊織クンと会ってないんだよな？」

　何故またこの男の口からその名前が出るのかと、ルイスは苛立ちを隠さずエンペラーを見る。

「会ってねぇよ。前に言っただろ。もう伊織とは終わりにしたって」

「連絡も取ってないのか？」

「取ってねぇ」

取ろうとしたがブロックされていたことは、黙っておいた。

これ以上エンペラーと話したくないし、何より伊織の話をしたくない。

「つーか、何で今更アイツの名前がお前の口から出てくるんだよ。また、俺が二流だとか何とか言いたいってか」

「根に持ってるな」

「うるせぇ」

「ルイス、伊織クンと別れてから不調だろ？　だから一応、親切で教えてやろうと思っただけなんだけどな」

「別れるも何も、初めから付き合ってねぇよ」

「わかったわかった、けど事実、伊織クンとプレイしてた頃は調子良かっただろ」

「だったら何なんだよ」

話を蒸し返すエンペラーが鬱陶しくて、ルイスは眉を寄せる。

「別に俺の調子が良かろうが悪かろうが、お前に関係ねぇだろ」

「ああ、関係ないけど親切で彼を見かけたって教えやろうかと思ったんだけど、必要ないなら気にしないでくれ」

「あぁ?!」

想定していなかった話の展開に、ルイスは前のめりになる。

「伊織を見かけた？」

「ああ」

「何処で⁉」

「今週と先週、六本木のプレイホテル街で」

「プレイホテル街⁉」

「あるだろ、六本木に」

「ンなことは知ってんよ！　じゃなくて、何でアイツがんなとこいるんだよ！」

「何でって、プレイのためだろ。ダイナミクス持ちなんだから」

「誰といたんだ、いつ」

「ルイスには関係ないんだろ」

「いいから！」

語調が荒くなるルイスに対し、エンペラーは優雅に足を組み直す。

「誰といたんだ。教えてくれ。アイツ、大丈夫なのかよ。遊馬さんも連絡取れねぇって言ってて――」

「大丈夫かって言われると青白い顔してたし、どう見てもサブドロップの後って感じだったなぁ」

「はぁ⁉」

　エンペラーは、恐ろしいことを平気な顔で言う。

「サブドロップって……なのに何もしねぇで帰ってきたのかお前は」

「別に俺は伊織クンの友達じゃないし、俺の客でもないしね」

「だからって――」

「そもそも、ルイスだって関係ないんだろ」

　嫌な笑みを浮かべて、エンペラーは目を細める。

「終わりにしたって自分で言ってたじゃないか。彼には彼の人生がある。俺も立ち入るべきじゃないし、ルイスも立ち入るべきじゃない。そうだろ？」

「関係――」

　ルイスは眉間の皺を深くして、少し俯く。

　関係ない。

　エンペラーの言葉通り、伊織はルイスにとって何者でもない。

　遊馬から紹介されて面倒を見ていただけで、恋人でもパートナーでもない。

　だから伊織が何処の誰とプレイしてサブドロップになっていようが、放っておけばいい。

　それが正しいと思っている自分もいるのに、そうできない自分がいる。

「関係……ねぇよ。確かに関係ねぇ。けど――」

　伊織を突き放したことが、間違っていたと思い始めている自分もいる。

拳をぎゅっと握りしめる。掌に食い込んだ爪が痛い。

「確かに俺は、アイツの何でもない。だからアイツが何処で誰と何してようが、俺には何も言う権利なんてねぇよ」

「そうだな」

「けど、別に他人じゃねぇんだ。つーか誰より俺はアイツのこと知ってんだよ。ンな話聞いて、放っておけるわけねぇだろ。アイツは見た目より鈍臭くて間抜けで不器用で、想像以上にダメな奴なんだよ。俺がいなきゃ飯も食えねぇし、友達だって少ねぇから相談する相手もいねぇし」

「それは伊織クンの問題であって、ルイスの問題じゃないだろ」

「そう、そうなんだけど」

それでももし今伊織が苦しんでいるのだとしたら、やはり放っておくことは出来ない。

「そうだけど、そうじゃねぇんだよ。確かに伊織はパートナーでも恋人でもなかったし、そうなりたくなかったのは俺だ。けど、じゃあ放っておけるかって言われると俺と伊織はその程度の仲じゃねぇんだよ」

伊織と深い関係になるのが怖くて、遠ざけた。

だが伊織を苦しめたかったわけではないし、不幸にしたかったわけでもない。

「何処なんだ、そのホテルは」

「シェルタワーホテル」

もっと勿体ぶって教えないかと思ったが、エンペラーは意外にもあっさりと吐く。

「会ったのは二回。時間は十時頃だったかな。一度目は一人だったけど、二度目は男と一緒だったよ。その一緒にいた奴が、なかなかヤバそうな奴だった」

「ヤバそうって——」

「見た目はヒョロ長い普通の男だったんだけどね。サイコっぽいって言うのかな。俺らみたいに接客してたくさん人見てると、普通の顔しててもヤバい奴って匂いで解るだろ？」

だから行くなら早くした方がいいと付け足され、ルイスは息を呑んだ。

＊＊＊

ルイスはホテル『シェルタワー』に向かった。

ホストの仕事は、適当な理由をつけてサボった。本来、急な休みは客にも店にも迷惑になる。だがどうせ今月の売上も芳しくなく改善も見込めないし、何より今の状態で接客をしても評判が落ちるだけだと割り切った。そんなことより、今は伊織を捕まえなければ一生後悔する気がする。

付近をウロウロして、伊織の姿を探す。だがエンペラーに言われた時間になっても、伊織は現れなかった。当然ではあった。何もしないという選択肢がなく、勢いで来ただけなのだ。伊織とて毎日来ているわけではないだろうから、エンペラーのように偶然出くわすことが何度もあるはずがない。

「ヤバそうな奴だった」

そんなエンペラーの言葉が頭に残っている。

加賀宮も「ヤバいやつに目をつけられる」と言っていた。確かに伊織のように完璧そうな男を、支配したいという欲求は理解出来る。

だが伊織は優秀ではあっても、傲慢で気位が高いわけではない。どちらかというと中身は子供っぽく、手を差し伸べてやらなければ危なっかしい。その割に助けを求めるのが苦手で、だからこそルイス以外の人間に事情を説明することもなく、誰かに受け止めてもらうこともなかった。

伊織は唯一、ルイスにだけ本音を話し、自分を委ねてもいいと思ったのだろう。だからプレイも出来るようになったし、身体の関係も許した。伊織にとって、ルイスは特別だったのだろう。

「クソ……」

ルイスは舌打ちした。

そこまで解っていながら、何故あの時伊織を突き放してしまったのか。

ふつふつと後悔の念が湧き上がる。その理由は流石にもう解っている。

臆病。

エンペラーに指摘された通りだろう。

踏み込まないし踏み込ませない。自分を傷つけないために、ルイスはそうし続けてきた。

結果的にその行動は伊織を傷つけ、遊馬や加賀宮に心配を掛け、エンペラーにまで変な気を使われている。

ルイスとの関係を諦めた伊織は、既にルイスではない男をプレイ相手に選んでいる。だからもしかしたら、今更ルイスの出る幕はないかもしれない。

それでも、このまま見過ごすことは出来なかった。

偶然出くわすまで、毎日この場所に通い詰めるしかないのか。

一瞬考えて、すぐに打ち消した。そんな悠長なことを言っている場合ではない。

それに、ルイスはこのホテルを知っている。昔何度も使ったことのあるウォーターベッドのあるホテルで、オーナーとも顔見知りだった。ずいぶん会ってはいないが、知らない相手ではないのだから話くらいは出来るだろう。

ルイスはホテルに入った。フロントがあるタイプのホテルで、ラブホテルと違って部屋は全て同じ構造だから、パネルで選ぶ必要はない。真っ直ぐにフロントに向かうと、見知った人間がいた。

をしている。


「何だ、ルイスじゃないか」

ルイスを見るなり反応したのは、ホテルのオーナーだった。偶然にも、この日このホテルにいたらしい。数年前と変わらず黒縁眼鏡に黒のベスト、蝶ネクタイという古風な格好をしている。

「久しぶり」

「本当に久しぶりだな。すっかり立派になって」

軽く手を上げて挨拶すると、オーナーは突然の訪問に喜びと驚きを混ぜたような表情をする。この男は「すっかり立派になる」という程古くからルイスを知っているわけではないが、梲(うだつ)が上がらない時代を知っているからこういう反応になるのだろう。

「こんなチンケなホテル、出世しちまったルイスにはもう用がないのかと思ってたよ」

「チンケだなんて思ってねぇよ……って言いながら、今日も使いに来たわけじゃねぇんだけど」

「何だ、ベッドも新調して寝心地バツグンだぞ？」

「今日は別に用があって来たんだ。こう、細くて弱そうな眼鏡の男がたまに此処に来てるだろ？」

挨拶もそこそこに、ルイスは本題に入った。写真があれば良かったが、生憎(あいにく)伊織の写真など一度も撮ったことがない。

するると、案の定オーナーは困った顔をした。

「おいルイス、いくら何でもウチはそんなに客が少なくねぇよ。細い眼鏡がどんだけいると思ってんだ」

「そうなんだけど、何つーか頭良さそうな眼鏡だよ」

「俺だって頭良さそうな眼鏡だろ」

「いや、もっと知性がある感じの眼鏡」

「おい！」

オーナーは心外だと訴えたが、ルイスは時間が惜しくて無視をする。そこでふと、伊織がそれなりに有名な人間だったと思い出した。

「ちょっと待て」

急いでスマートフォンで伊織を検索し、画像を出す。その写真を画面いっぱいに広げて、ルイスはオーナーにぐいっと差し出した。

「コイツだ」

オーナーは、眼鏡を掛け直しつつ写真に目を向ける。初めこそオーナーは怪訝そうな顔をしていたが、やがてポンと手を叩いてルイスを見た。

「こりゃ、今日来た客だ」

「マジか」

興奮のあまり、ルイスはカウンターに身を乗り出す。

「何処にいるんだ、何号室に誰と」

「おーいルイス。流石に客の話は出来ないぞ」

「いいから、いるんだろ！」

無理を言っていると解ってはいる。だがそれ以上に、引き下がれない気持ちがある。

「教えてくれ」

「だーから、客の話は出来ないって――」

「んなこと言ってる場合か！　そいつは、そいつはなぁ……」

言いながらも、先のことは考えていない。今どうしても伊織に会わなければならないということだけが、頭の中に充満する。

混乱と動揺と使命感。

それらが織り混ざって出てきた答えは、あまりいいものではなかった。

「殺人鬼だ」

「何？」

オーナーはポカンと口を開けている。

だがその直後、ケラケラと笑い出した。

「おい待てルイス、こいつが殺人鬼？」

「いや違う、そいつと一緒にいた男の方だよ。殺人鬼っていうかストーカー！　そう、ストーカーだって！」

良さそうな着地点を見つけたところで、ルイスは畳み掛けるように話を続ける。

「いただろ、なんかこう……ヤバそうな雰囲気の奴が一緒に！」

「ヤバそうな……」

口を開けば、ペラペラと微妙な偽言（ぎげん）が出てくる。だが今更止められなかった。

「って言われても、解んねぇよ。どんな奴？」

「どんなって、見た目は普通のヒョロ長の奴だよ。覚えてねぇのかよ」

「ンなこと言われたって」

「つーか、ヤベェ奴に限って普通の顔してるから覚えてねぇんだよ。とにかくそのインテリ眼鏡は、そのサイコ野郎に狙われ付き纏われてんの。俺の知り合いなんだよ」

「そ、そうなのか」

「そう。ってことで、今すぐ部屋の鍵をくれ」

「おい待てルイス」

言い訳としては見事に決まったと思っていたのに、オーナーは眉を寄せている。

「冗談だよな？」

だがルイスも、伊織が此処にいると解っていながらすごすご帰るわけにいかない。

「俺が冗談でこんなこと言うと思うのかよ」

「ちょっと言いそうだ」

「いや、言わねぇよ！　大体、俺が用もねぇのにアンタのホテルなんか来ると思うか？」

「めちゃくちゃ失礼な発言だけど思わない」

「だろ？　つまり、そういうことだよ。緊急事態なんだ。いいから、そいつがいる部屋を教えてくれ」

　このやりとりをする時間すら惜しくて、ルイスはカウンターから身を乗り出す。

「何かあってからじゃ遅ぇんだよ」

「何かって何だよ」

「人殺しに決まってんだろぉ！」

　ゴネるならもう脅すだけだと、ルイスはオーナーの胸ぐらを掴んだ。

「そいつかどうなってもいいのかよ！」

「良くない！」

「だろ？　ホテルの悪評が広まるぞ！」

「それは困る！」

「じゃあ鍵をくれ！」

「待て待てルイス」

もう押し切れるかと思ったのに、オーナーは丁寧にルイスの掴む手を引き剥がす。

「その話が本当だとしても、まずは警察に連絡しないとだろ」

押しに弱そうな顔をしている割に、オーナーはもっともらしい反論をしてくる。

「俺が電話するから、その話が本当ならちゃんと聞かせてくれ。それでいいな？」

「い……」

いいわけない。

一緒にいる男がどんな人間なのかも知らないし、きっとストーカーではないし伊織を殺す可能性はゼロだろう。だから警察に来られるのは困るし、何より今此処でルイスが追い返される方がまずい。

「ンなの、待ってられねぇから俺が来たんだよ」

ルイスはもう押し切ることに決めた。

「警察待ってたら、マジでそのサイコ野郎に殺されるぞ」

「そんな、大袈裟な」

「大袈裟じゃねぇ！　そのインテリ眼鏡はなぁ、今までにも何度もサブドロップになって殺されかけてんだぞ」

「こ、殺され……？」

「そうだよ！　責任取れるのかよオーナー！」

「そ、それは取れない！」

「だったら鍵！」

「ま、待てって。その前に俺が確認するから！」

オーナーはルイスを押し返す。

「ちゃんとした手順を踏まねぇと、何かあった時困るだろ。だから一旦俺に任せろ。ちょっと電話するだけだ、そんなに時間は掛かんねぇよ。それならいいだろ？」

「いいわけあるか！」

ルイスはオーナーの胸ぐらを掴み直すと、首がガクガクなるほどに強く揺する。

「そいつは、俺の大事な奴なんだよ。今此処で捕まえておかねぇと、何処で誰に何されるかも解んねぇような奴なんだよ！　だからもう、絶対見捨てたり傷つけたくねぇんだ。だから鍵寄越せねぇなら、せめて部屋番号教えろ！　俺が行く。それもダメなら、今から俺は非常ベルのボタンを押す」

「お、おい正気か?!」

「正気だ」

「ルイス……」

「後悔したくねぇんだよ！　頼む」

伊織には何度も振り回された。ニールのひとつもできないサブだったくせに、発音が悪いと真顔で言ってルイスを凍りつかせた。尊敬出来る相手じゃないとと言われホストクラブに連れて行けば、ぐっすり眠ってしまい同僚に失笑された。担いで帰って介抱してやって、それなりにポイント稼ぎをしたのにやはりプレイはままならず、本当に見捨ててやろうかと思ってそれでも見捨てられなかった。そんな紆余曲折（うよきょくせつ）があってやっと関係が結べたのに、自分の都合で伊織を突き放した。

あれから一度も連絡がない。

伊織がどうしているのか、知る手段もなかったし知ろうともしなかった。

だが今の伊織がどんな状態なのか、ルイスには解る。きっとプレイもままならなくて、相変わらず誰にも助けを求められなくて、苦しいのに逃げることも出来ずにいる。

そこまで想像出来て、どうしてあの時手を離したのかと思うと、自分が許せなかった。

もし伊織に要らないと言われても、せめて今出来ることをしてやりたいし、何より顔が見たい。

だからこれ以上オーナーを押してもダメなら、客室の扉を片っ端から叩こう。

そう決意したが、ルイスの気迫に押されたのかオーナーは折れた。

「わかった、八〇二号室だ」

言いながら、オーナーは受話器を持ち上げる。

「けどまず、俺が電話する。だから俺が行くまでくれぐれも手荒なことはするなよ」

「勿論だ！」

頷いたものの待つつもりなどなかったルイスは、一直線にエレベーターに向かう。だが十階にカゴがあるのを見て、隣の非常階段の扉を開けた。もしかしたらエレベーターを待った方が早いのかもしれないが、じっとしていられなかった。

ぐるぐると螺旋（らせん）になった階段を駆け上がる。体力自慢ではないから息が切れたが、苦しさはなかった。漸く伊織に会える。そう思うと、不安と焦りと高揚がないまぜになる。

一気に八階まで駆け上がって扉を開けると、廊下の窓から東京の夜景が見える。東京タワーが見えたことに少し懐かしさを覚えつつ、ルイスは息を切らしたまま八〇二号室を目指した。部屋は奥から一号室になっているから、一番奥になる。バタバタと廊下を走り抜けて、部屋の前まで来るとルイスは拳で扉を叩いた。

ドンドンと、乱暴な音が廊下に響く。

だがそれだけでは満足出来ず、ルイスは扉の横のインターホンを押した。ピンポンピンポンと小学生の悪戯でもここまではやらないというくらい、何度もボタンを押して反応を待つ。

これだけやればさすがに誰か出てくるだろう。

そう思い待っていると、想像の通り扉は中から開いた。

「何なんだ」

声と同時に現れたのは、スーツを着た男だった。

マッシュルームの変な髪型に、エンペラーの言っていた通りヒョロ長い体型。かったるそうに首を掻く様子にいかにも最悪な男だと思ったが、その男にばかり目を向けていられなかった。

男の奥、部屋の中を見ると、窓から東京タワーが見える。

その窓の手前の絨毯の上に、伊織が裸のままペタリと座り込んでいた。青白い顔で視線は宙を彷徨っていて、両手首が荒縄で縛られている。

ルイスはゾッとした。想像以上にこの男はやばいし、伊織の状況が酷い。

「伊織……」

「ん？　キミ何？　ホテルの従業員じゃないの？」

「ああ？」

腹から湧き上がる怒りのせいで、握る拳だけでなく内臓も震えている。

「俺はなぁ、あそこで座り込んでる男の元パートナーだよ」

「元パートナー？」

男は首を傾げる。

「聞いてないな。そんな奴が、何の用で此処に来たんだ？　もしかして、伊織が助けを求めたのか？」

尋ねながらも答えを求めていないのか男は目を細め、ルイスを射殺すように睨みつける。その強烈な圧に、ルイスは一瞬怯んだ。

というより、立っていられなかった。

百キロの重石を肩に載せられたかのような、強い圧。それがレグルのグレアだと、加賀宮と対峙したことのあるルイスには解る。

胸が潰されたように苦しくなり、声すらも搾り出しかねる。その強圧を受けながらも、ルイスは此処で引き下がるわけにいかなかった。

「アイツが、俺になんか助けを求めるわけねぇだろ」

膝が折れそうになるのを必死に堪えて、壁に手をついて男を睨む。

腹から絞り出す声は、いつもより低くてドス黒い。

「伊織は、助けが求めらんねぇんだよ。だからあんなことになってんだろうが、クソ野郎！」

曲がっていた膝をぐっと伸ばし、同時に拳を振り上げ男に飛び掛かる。殴り慣れていない拳ではあったが、強く握り込んだそれは勢いよく男の頬にめり込む。男は声を上げる間も無く吹っ飛んだ。

「はぁ、は……」

同時に強圧から解放され、呼吸がしやすくなる。見ればヒョロ長マッシュルームは見事に床で伸びており、気絶していることが解った。

「クソ」

こんな想像の上の上をいくクソ野郎に伊織を渡してしまった自分に、ルイスは悪態をつく。間抜けに白目を剥いて転がる男を乗り越え、ルイスは伊織のもとに向かった。

一ヶ月半ぶりの伊織だった。だが再会を嬉しく思うような余裕が、今の状況にはない。

「伊織！」

伊織は反応しない。

「おい伊織！」

伊織は身体を震わせたまま、床に座り込んで動かない。身体を揺すってみるとその肌は冷たく、長くこの状態だったことが解る。

ルイスは着ていた光沢のあるジャケットを脱いで、肩から掛けてやった。見ると首には赤い跡が残っており、手で絞められていたことが解る。

（マジモンのサイコじゃねーか）

どうしてこんな男を選んだのかと呆れながらも、自分のせいだと思った。

手の縄を解いてやりたい。だが手元に刃物がなかった。だから今は、まず裸のまま放心しているこの状態をどうにかしてやりたい。

「伊織」

伊織の冷たくなった頬に触れる。

無意識だろう、身体がビクリと震え、怯えているのが解る。

「伊織、俺だ。ルイスだ。解るか？」

軽く頬を叩いて、意識をこちらに呼び戻す。

「しっかりしろ。お前、俺の前じゃ一度もこんなになったことねぇじゃん」

瞳にルイスが映っているはずなのに、認識していない。ルイスは目を合わすことを諦めて、伊織の手を握った。

「伊織」

もう一度声を掛けて、せめて体温を伝えたくて額に口付ける。

冷え切った身体に温もりを分け与えるように触れていると、やがて伊織の目に少し光が戻った。ゆっくり瞬きをして、視線が定まった様子に安堵する。

「伊織、俺だ。ルイスだよ。解るか？」

「ルイスさん……、何で」

「何で、はこっちの台詞だよ。この馬鹿、昔に逆戻りしてんじゃねぇか」

「馬鹿……ではないです。私の方が、ＩＱが高いですし」

「そういう話してんじゃねーから！」

軽口を叩けるくらいには回復したようで、ルイスは一息吐く。

「とにかく、もう大丈夫だから。とりあえずこの縄切るモン貰ってくるから、もう少しお前はそのままで――」

オーナーから大振りのカッターでも借りてくればいいだろう。

ルイスはそう思ったが、台詞は最後まで言えなかった。

「お前か！」

突然背後から羽交い締めにされ、身動きが取れなくなったのだ。

「おあっ⁉　何なんだよ！」

「余計な抵抗はするな！　警察だ！」

「警察ぅ⁉」

「パートナー暴行容疑で逮捕する！」

「待て！　待て待て待て何でだよ！」

そういえば、オーナーが電話をすると言っていた。警察の前にこの部屋に電話をすると思っていたが、警察に電話をしていたらしい。

「待てって！　伊織に暴行したのは俺じゃねーから！　つーか伊織を先に何とかしろよ！」

ルイスの叫びは虚しく、二人組の警察官はルイスを取り押さえ連行する。呆然とする伊織を部屋に残し、ルイスはエレベーター前まで引きずっていかれる。

警察が勘違いだと気付きルイスを解放したのは、駆けつけたオーナーが慌てて説明してからだった。

＊　＊　＊

それから、ルイスは伊織を連れてマンションに帰った。あの男に対するルイスの暴行は、警察に事情を説明してお咎めなしになっている。

元々、オーナーの通報がルイスに対してものではなかったこともある。だがルイスは忍――という名前だということをルイスはのちに知った――を殴って気絶させており、容疑自体は一応ある。だが伊織がサブドロップに陥っていたことと首に絞められた跡があったことから、警察は厳重注意に留める判断をした。

そのため、すぐに警察からは解放された。この点はサブドロップになっていたことが功を奏した。伊織が元気いっぱいの状態であれば、嫌がってついてこなかっただろう。

寝室まで抱えて行き、少し伊織を寝かせる。サブドロップは体調不良と異なり一時的なものだから、休めばすぐに正常な状態に戻る。

ルイスのベッドで目覚めた伊織は、解りやすく気まずそうな顔をしていた。

気持ちは解る。勝手に親しいと思っていた相手に拒絶され、自ら連絡手段を絶って別の相手を見つけたのに、何故かその男にホテルに押しかけられマンションに連れ帰られている。訳が解らなくて当然だろう。

だから、ルイスは説明をしなければならない。

それは解っていたが、ルイスの口から最初に出たのは謝罪だった。

「悪かった」

案の定、伊織は驚いて目を丸くしていた。

「えっ……？」

「俺が、全部悪かった」

「何の話ですか？」

「お前に酷いこと言っただろ」

伊織が知りたいのは、何故自分が此処にいるのかということだろう。だが、ルイスは自分の感情を優先する。くどくど説明をするよりも、今の正直な気持ちを話してしまった方がきっと早い。

「お前がヤバい男とホテルに行ったのも、サブドロップになってたのも。全部俺のせいだ」

「そんな……」

伊織は焦って、困ったように首を振る。

「謝るのは、私の方です。またルイスさんにご迷惑をお掛けしてしまったようで」

「迷惑だなんて思ってねぇよ。大体、勝手にホテルに押しかけたのは俺の方だろ」

伊織は「また」と言った。今回のことだけでなく、伊織は過去のことも含めての話をしているのだろう。

だがルイスは、一度も伊織の好意も行為も迷惑だと思ったことはない。自分にだけ弱い部分を見せているのだと思うと、距離が縮まったと安心したことすらあった。

「本当は、嬉しかったんだ」

伊織の目をしっかり見て、ルイスは呟く。

「お前が俺だけに懐いてくれるのも、お前が俺とだけプレイ出来るのも、お前が俺を選んでくれたのも。お前にとって俺が特別になるのが嬉しくて、俺にとってもお前が特別なんだなって心のどこかでは感じてた。けど、俺はパートナーとか恋人とか、そういうのは嫌だったんだ」

「知ってます。何も考えずにルイスさんに頼ってしまったこと、今は申し訳ないと思っていて――」

「いいから、最後まで聞け」

ネガティブな方に話を向かわせる伊織を、ルイスは止める。

「怖かったんだよ」

不思議そうな表情を向ける伊織に、ルイスは話し続けた。

「俺、見た感じいい男だろ？」

「え……？」

「高身長高収入、高学歴じゃねぇけど顔もスタイルもいい。歌舞伎町のそこそこ有名なホストクラブでもナンバー3だ」

「2じゃないんですか？」

「訳あって、今は4だけど」

「それは随分……落ちてしまったんですね」

「そ、そう……なんだけど、それは置いといて」

話を逸らすまいと、ルイスは無理矢理有耶無耶にする。

「結構、俺っていい男だって思うだろ？」

「そうですね」

「実は俺もそう思ってる」

何を言い出したのかと思ったのだろう。伊織は目をぱちくりさせる。そんな伊織を見て、ルイスはフッと自嘲して笑った。

「けど、それはハリボテの見た目だけ」

伊織は少し眉を寄せ、目を細める。

「そんなこと、ないと思いますが」

「そんなことあるんだよ。昔からそうだったんだ」

思い出したくない、昔を思い出す。

だが伊織を前に口にすることが、不思議と嫌ではない。

「俺、昔は全然こんな派手じゃなくて、クラスでも目立たないタイプの人間だったんだよ。友達もいねーし女とも縁がねーし。教室の隅っこにいたタイプ。見た目も野暮（やぼ）ったくて、よく陰口叩かれたりもしてた」

伊織の目が、意外だと言っている。だがそういう面を悟られないようにしてきたのだから、別に不思議ではない。

「けど、そんな自分が嫌で抜け出したくて。高校生になったくらいからだ。見た目を気にしたり、洒落た格好するようになったのは。環境が変わって俺も変わって、女からもモテてるようになって、ちょっと自信もついた。所謂スクールカーストの上の方になれたっつーか、俺も『そっち側』の人間になれたって思ったよ。ちょっといい気になったりもした。けど、全然そうじゃなかったんだよな」

言葉にしてみると、自分でも笑ってしまう。

「付き合った女に言われたんだ。ルイスは中身がない、つまんないって。変わったのは外見だけで、中身はずっと昔のまま。そう言われたこともショックだったけど、それより俺に告白してきた女の方からそんな風に言われたことが、結構ショックだった。俺は恋人が出来たことが嬉しくて、舞い上がってそいつのこと大好きだったのに。それ以来、人と付き合えなくなったんだ。っていうより、人を好きになるのを止めた。本音を話すのもやめた。俺が恋人を作る気がねぇって言ったのは、それが理由だ」

人を信じることが出来ない。

というより信じるのが怖くなって、誰かと本気で向き合うことが出来なくなった。突き放されると解っているのなら、初めから誰とも向き合わない方がずっといい。

「だから、ホストしてんだ。ホストなら、貢がれた金の分だけ愛情を返せばいい。初めから金で繋がっただけの関係だから、気持ちとかそういうもんは考えなくていい。だから安心出来たんだ」

仕事だからと割り切ってしまえば、何があっても傷つかずに済む。

「ずっと怖かったんだよ。人とちゃんと向き合うのが。お前に本気になって、お前と恋人になって、お前につまらない人間だって言われるのが。そうなるくらいなら、初めから何もない方がいいって思った。お前、ホントは俺みたいな中身のない人間は嫌いだろ？」

「どうしてそう思うんです？」

「会ったばっかの頃、言ってたじゃねぇか。格下の相手は嫌だって」

「プレイが出来ないことへの言い訳ですよ」

「でも実際お前は凄ェ奴だし、尊敬する奴だってゲイツだかスティーブだか」

「ステフ・ゲインズですね」

「それ」

「確かに、ゲインズのことは尊敬しています。凄い経営者だと思いますし、私にはないものをたくさん持っていますし」

「やっぱり――」

「でも私は、ルイスさんのことだって凄いと思っていますし、尊敬もしていますよ」

いつになく困ったように、伊織は眉を下げて笑う。

「ルイスさんがいなければ、私はプレイも出来ないままでした。元気に過ごせるようになったのは、ルイスさんのお陰です」

「それは、たまたま遊馬さんが俺を紹介したからだ。別に俺じゃなくても良かっただろ」

「いいえ。ルイスさんが根気良く付き合ってくれて、私を捨てないでいてくれたからです」

「それは遊馬さんの頼みだったからだ」

「普通は頼まれたという理由だけで、こんな面倒なサブに付き合ったりしません。それに、ルイスさんは私に作れないご飯も作ってくれますし」

「あの程度の飯、誰だって作れる」

「私はルイスさんの作るご飯が好きですし、ルイスさんと食べるご飯が好きですよ」

「それはお前が子供舌だから――」

「私は学生の時のルイスさんのことは知りませんし、当時付き合っていた女性がどうしてそんなことを言ったのか解りませんが」

言いかけたルイスの声を、伊織は少し苦笑して止める。

「私は、ルイスさんの中身がないなんて思ったことはありません。ルイスさんは私も、私が今まで出会った人も持っていないかったものをたくさん持っています。根気とか、忍耐強さとか、優しさとか、一生懸命さとか。私はそういうルイスさんだから好きになったんですよ」

伊織はさらりと「好き」と口にする。

長く、ルイスが拒絶してきた感情だった。だが、今はその言葉が心地いい。

「そうじゃなきゃ、ルイスさんとお別れした後、あんなに悲しい気持ちにならなかったと思います。私はルイスさんと一緒にいると楽しくて、自分のままでいられて、気を張る必要もなくて。すごく心地よかったんです。だからルイスさんもそうだといいと思っていたので、そうじゃないって言われてショックだったんですよね」

「違う」

ルイスは即座に否定する。

本当はずっと、ルイスも同じ気持ちだった。

「俺だって、お前と一緒にいて楽しかったよ。お前は遊馬さんから紹介されたからだとか、プレイの相性がいいだけだとか、そんな風に思い込もうとしてた。でも、そうじゃなかった。お前と関係を終わりにして、これで良かったんだって思ってる自分と、お前がいなくなってポッカリ胸に穴が空いたみてぇな自分がいた。でもお前を追いかける勇気がなかったんだ。なのにお前が知らない奴とプレイしてるって聞いたら、居ても立っても居られなくて」

結局ホテルまで押しかけて、慣れない暴力まで振るってしまった。

だが、そのことを後悔してはいない。

「お前に振られるのが怖かったけど、お前と二度と会えないかもしれないって思ったらもっと怖かった。だからこんな形でもお前とまた会えて、本当に良かったって思ってるよ。お前はこんな俺のダメなとこ見て、幻滅したかもしんねぇけど」

「しませんよ」

伊織は苦笑する。

「弱っている、ネガティブなルイスさんは珍しいとは思いましたが」

その表情には、本当に呆れた様子はない。

それに酷い振り方をしたはずなのに、怒りもなければ拒絶もない。これが年上の寛容さなのかと一瞬思って、ただの伊織の優しさなのだと思い直した。

一度ルイスから突き放したのに、伊織は文句の一つも言わずにルイスを励ましてくれた。

それなら、あとは自分から伊織を引き留めるための手を伸ばさなければならない。

「なぁ、前にお前が行きたいって言ってた、遊園地のチケットってまだある？」

「遊園地？」

「観覧車、乗りたいって言ってただろ。アレだよ」

「ああ」

一瞬何のことか解らなかったらしい伊織は、思い出したように背筋を伸ばす。

「ありますよ」

「結局、誰とも行ってないんだ？」

「そうですね、友達があまりいないので」

「じゃあ、まだ使えんの？」

「いえ、もう期限は切れていると思いますよ」

「なら、俺が買い直したら今度俺と一緒に行ってくれる？」

自分から誰かを誘ったのは、学生時代以来かもしれない。

今も、少し伊織の返事が怖い。だがもし拒絶されても、振り払われても、伊織の手を握ればいい。

「あの時まで時間を戻して、お前の誘いをちゃんと受けたいって思うよ。けどそれは出来ねぇから、今度は俺から誘わせてほしい。もう一度俺に、チャンスをくれないか」

伊織は、驚いた表情でパチパチと瞬きをしている。

沈黙が怖い。

この言葉で上手く伝わっているのか、不安になる。

だが伊織はすぐに表情を緩め、「はい」と頷いた。伊織は頭がいい。ルイスの勇気があと少し足りなくて、直接「好き」とも「付き合ってほしい」とも伝えられなくても、きっとルイスの意図を正しく汲み取ってくれる。

＊＊＊

ルイスが伊織と夜の遊園地に向かったのは、二週間後のことだった。

互いに仕事が詰まっていたから、翌日が休みの日を選んで休暇を調整するのは少し苦労した。

そのせいで時間が掛かったが、遊園地は逃げないし、もう伊織が逃げることもない。日程を決めてすぐにルイスはチケットを取り、待ち合わせの約束をした。

金曜の夜七時、現地待ち合わせ。

ルイスは当日も、ホストの仕事を休みにした。金曜の掻き入れ時に店を休むことへの非難はあったが、別の日に穴埋めをするからとオーナーを説得した。事情を知ったエンペラーが、後押しをしてくれたことも大きい。この男は何だかんだ気遣いが出来るからナンバー1になるのだと、こういう時に思い知らされる。

金銭を伴わない本当の意味でのデートは、久しぶりだった。

初めて好きになった女とデートをした時、それなりに緊張した。というより好きな相手とのデートはいつも緊張した。だが長くそういう感覚はなくなっていて、金の対価としてのデートだと割り切るとドキドキすることなどなくなっていた。だから久しぶりにデートの予定が出来ると、そわそわしてくる。

それは当日になっても同じだった。

(何着ていけばいいんだっけ)

ホストとしてなら、仕事着を着ればいい。だが伊織がどんな格好をしてくるのかも解らなくて、クローゼットを開けて不安になる。

結局、ルイスはカジュアルなジャケットスーツを選んだ。部屋の中ならパーカーでいいが、伊織はきっとそれなりに身綺麗にしてくる。それにデートのあとはホテルに行くつもりだから、セックスするだけならともかく、プレイをするのならそれなりにきちんとしていた方が雰囲気も出る。

約束の時間に遊園地の入口に行くと、伊織は既に待っていた。仕事帰りだからスーツを着ているが、羽織っているキャメル色のトレンチコートがいつもと雰囲気を変えていた。

ルイスが来たことに気づくと、伊織は柔らかく微笑む。

低木がライトアップされていて、夜でも表情がよく見える。

「悪ィ、待った？」

「いえ、先ほど着いたところです」

仕事メールの返信が終わったところだという伊織は、こんな時でも働いていたらしい。

「また、ヤベェ仕事相手じゃねぇだろうな」

人差し指で、ルイスは伊織の額を小突く。

ホテルでの一件の後、伊織から忍のことを聞いた。伊織の人を見る目のなさに不安を覚えたが、今は忍は案件から外れたと聞いている。自らプロジェクトを離れると申し出たらしいが、警察沙汰になったのだから当然だろう。だから忍の心配はしていないが、それでも伊織の場合前科があるから何かと心配になる。

「ヤバい人なんてそう沢山いませんよ」

「いや、いるだろ。お前の人生をよくよく振り返ってみろって！　絶対両手じゃ足りねーから！」

ルイスは盛大に突っ込んでしまったが、伊織はあまり自覚がないらしい。

伊織と一緒にエントランスを抜けて、遊園地の中に入る。中がそれほど広くなく遊具も少なめなのは、水族館が併設されているからだろう。どちらかと言うと水族館がメインで、遊具は絶叫系などはなく落ち着いた乗り物ばかりだった。だがカルーセルやコーヒーカップなどが華やかにライトアップされていて、歩いているだけで楽しい。

(いや、伊織とだからなのかな)

伊織の隣を歩きながら、ルイスはふと考える。

遊園地が好きかと言われれば、そうではない。確かにライトアップは綺麗だが、ホストクラブでキラキラしたものは見飽きている。子供っぽい趣味があるわけではないし、酒を飲んで美味い飯を食べる方が好きだ。

だが、今は隣に伊織がいるだけで気分が上がる。

「綺麗ですね」

伊織が心を躍らせているからその瞳が輝いて見えるのか、周囲のライトが伊織の瞳に反射しているのか、単にルイスにだけそう見えているのか解らない。キョロキョロと周囲を見回す伊織を見ながら、ルイスは伊織の向かいたい方向に行ってもらおうと半歩後ろを歩いた。

「伊織」

呼べば伊織はすぐに立ち止まって、ルイスを振り返る。

「何ですか?」

「楽しそうだな」

「楽しいです。ルイスさんは楽しくないですか?」

「楽しいよ」

　一瞬不安そうな表情を見せた伊織に、ルイスは即答する。

「俺は、あんまこういう趣味はねぇ方だって思ってたんだけど。楽しい」

「良かったです」

「けど俺は、たぶん子供っぽく喜んでるお前を見てるのが、何より楽しいんだと思うよ」

「私、子供っぽいですか？」

「子供っぽいよ」

　自覚がないのかと、ルイスはクスリと笑ってしまう。

「けど、それを知ってるのが俺だけってのが、結構優越感がある」

　ルイスは手を伸ばし、伊織の手を握った。

　もっと緊張するかと思ったが、思ったよりスムーズに握ることが出来た。ホストとしては手を握るくらい何度もしているし、身体に染み付いている。それなのに相手が変わるだけでこれほど気分が高揚するものかと、自分でもおかしくなってしまう。

　伊織はすぐに、ルイスの手を握り返した。その体温が温かく心地いい。

「とりあえず、観覧車行くか」

　緊張を紛らわすように、ルイスは奥に見える観覧車に誘う。

　色とりどりの電球で見事に飾られたそれが、雲のない真っ黒な空に光の線を描いている。

「乗りたかったんだろ?」

「はい」

「じゃ、行こうぜ」

一歩先に出て手を引くと、伊織も後をついてくる。

少し並びはしたが、平日ということもあり混んでいるというほどではなかった。

スタッフに案内されて、向き合う形で観覧車に座る。そういえば恋人と乗るのは初めてで、こう言う場合隣に座るべきだったのだろうかと座ってから気づく。

だが正面に座るのも悪くなかった。少しずつ上がっていく観覧車から、都内のビルの夜景が見える。それに反対を見れば海が広がっていて、真っ暗な海の中にいくつか船の明かりがあり、その奥には工場の夜景がチラチラ広がっている。それを窓に張り付いて眺める伊織は、やはり子供のようで可愛かった。

「綺麗ですね」

先ほど入口を歩いていた時より少しテンションが上がった声で、伊織が外を見たまま言う。「お前の方が綺麗だよ」というどこか浮いた言葉が頭を過ったが、口にするのはやめた。夢中になっている伊織の邪魔をしてしまいそうだったし、どうにも仕事用の台詞のようで胡散臭(うさんくさ)い気がする。

ゴンドラの高さが半分を超えた頃、ようやく伊織は窓から視線を離しルイスに向き合った。

「子供の頃からの夢が一つ叶いました」

嬉しそうに微笑む伊織に、ルイスは笑ってしまう。

「そんなに乗りたかったのかよ」

「そんなに乗りたかったです」

気恥ずかしそうに、伊織は口元を手で隠す。

「父は、こういうところを嫌っていたので。遊園地以外にも行きたくて行けない場所がたくさんありました」

「動物園とか水族館とか？」

「そうですね。他にもスーパーの中のゲームを売っているコーナーとか、デパートの屋上の遊具があるところとか、そういうのもです。ファミレスにも行きたかったですね」

「そういや、お子様ランチ食べたかったとか言ってたよな」

「旗が乗っていたのには憧れました」

「じゃあ、今度俺が連れて行ってやろうか？」

伊織は驚いて、唇を薄く開く。

「俺が、何処にでも連れてってやるよ。お前の行きたい場所。やりたいことも全部やればいい。これからは、俺と一緒にしていけばいいだろ？」

伊織はすぐに返事をしない。

だが観覧車がガタンと揺れると同時に、柔らかく微笑んだ。

「はい。ありがとうございます」

サイトで見たビジネスマンの伊織は年齢より上に見えるのに、こうしていると三十路とは思えない。自分よりずっとしっかりしていて頭もいいのに、守ってやらなければならない気がする。

だがふと、伊織が自分を保護者と勘違いしていないかと不安になった。揺れるゴンドラの中、ルイスは急に立ち上がる。

「あっ、ひとつ言っとくけど」

ルイスが急に険しい表情になったせいだろう。伊織はルイスを見上げ、首を傾げる。

「何でしょうか」

「俺は、お前の親父代わりになるつもりはねぇからな」

「はい？」

「俺は、お前のことちゃんと恋人として大事にしたいって意味で連れてってやるって言ってるだけで、親父代わりじゃねぇから。そこ勘違いするなよ」

急に立ち上がったせいで、ゴンドラがゆらゆら揺れる。その揺れが収まってきた頃、伊織はフフッと笑った。

「解っています」

　可笑しそうに笑われて馬鹿にされている気がするのに、悪い気はしない。むしろちゃんと想いを受け止めてくれたようで、嬉しくなる。

　伊織の全てを受け入れて、抱きしめてやりたいと思った。だが実際受け入れてくれているのは伊織の方だろう。

「なぁ」

「何ですか？」

「キスしていい？」

「えっ」

　急にたまらなく愛しくなって、伊織に触れたくなる。

　子供のような伊織を見るのもいい。だが大人の伊織と触れ合いたい。

「ずいぶん唐突ですね」

「お前がコロコロ表情変えるから、可愛くてしたくなったんだよ。で、していい？」

「いいですよ」

「よし。じゃ、そっち行くからな」

　ゆらゆら揺れるゴンドラの中で一歩踏み出して、ルイスは伊織の横に座る。勢いをつけて座ったせいもあって、二人の重みで少し傾いた。ルイスは体勢を崩しそうになった伊織の肩に手を回し、支えてやる。

　一気に、距離が縮まった。

　もう少しで、観覧車は頂上に辿り着く。その瞬間キスをするのはロマンチックな気がしたが、あと少しの時間すら待つことが出来なかった。

　肩を引き寄せて、伊織にキスをする。

　触れるだけにしたそれを一瞬離して、しかしすぐに再び口付けた。唇を甘く噛んで、舌を差し入れる。伊織はぎこちなくも応えてくれて、風の音だけが聞こえていたゴンドラの中に唾液が絡む音がする。

　外から入る風が少し冷たい。だが触れる唇は温かく、それより絡める舌が熱くて、キスに夢中になった。

　唇を離したのは、ゴンドラが頂上を超えて下り始めてからだった。

　見ると、伊織の目が少し蕩けている。その瞳を見ていると、ルイスも熱を抑えられなくなってくる。

「なぁ」

　伊織の両肩に手を置いたまま、ルイスは口を開く。

「ホントはこの後、近くのいい感じのトコで飯食って、土産(みやげ)にクマのぬいぐるみとか買おうかなって思ってたんだけど」

「クマのぬいぐるみ？」

「お前が好きそうだから」

「いくら何でも、私を子供扱いしすぎじゃないですか？」

「好きじゃねぇの？」

「私、部屋にぬいぐるみを置くタイプに見えます？」

「言われてみれば見えねぇわ。っていうか、それはたった今もう買わないことにしたから
いいんだけど」

話が逸れたと、ルイスは一つ咳払いをして再び伊織に向き合う。

「このまま、観覧車降りたらホテル行ってもいい？」

初めから、ホテルの予約をしている。

プレイをしてセックスもするつもりで、翌日が休みの日を選んだ。

「早く、伊織に触れたい」

肩に手を置いているから、すでに伊織には触れている。だがそれがどういう意味なのか、
伊織は流石に理解しているだろう。

「いいですよ」

一呼吸を置いて、伊織は頷いた。

「私も、早くルイスさんに触れたいです」

ゴンドラが地上に下りるまでの時間は恐ろしく長く感じられて、二人は無言になった。

伊織の手を引いて観覧車を降りて、その足で遊園地の出口に向かう。出口で再入場のスタンプを押してくれたが、使うことはないだろう。開園中のタクシー乗り場には列もなく、待機していた車がすぐに後部座席の扉を開けてくれる。

「腹減ってない？」

車内で一応尋ねると、伊織は首を振った。

「食べるつもりではいましたが、プレイの前に食べるのはどうかなとも思っていたので」

そう返されれば、もうこの先の妨げは何もない。


タクシーを走らせ辿り着いたのは、いつもの高級ホテルではなかった。帰りは遅くなるだろうからと、遊園地から近い場所を選んでいる。

とは言え、プレイ用の部屋を備えた有名なホテルだった。恋人として初めての夜になるのだから、それなりにちゃんとした場所を選んだ。

チェックインをして、すぐに部屋に向かった。取ったのはスイートルームで、リビングとプレイルームが分かれている。部屋の什器（じゅうき）はどれも年季を感じるが、古くさいものではなく高級アンティークという感じだった。赤い絨毯に焦茶色のテーブル、ヘーゼル色のソファ。プレイルームのベッドは立派な木製で、重厚感があってどっしりしている。

「ルールは前と同じだ」

ルイスはリビングでコートを脱いだ伊織を振り返る。

「セーフワードは『ストップ』ギブアップサインは」

「ルイスさんの身体を三回叩く」

「あとはプレイルームに入ったところからプレイ開始。俺は先にプレイルームの方にいるから、伊織が準備出来たら部屋に――」

「ルイスさん」

伊織はシャワーを浴びたり、何かと準備が必要だろう。

そう思っての配慮だったが、伊織はルイスのジャケットの裾を遠慮がちに掴んだ。

「今日は、準備をしてきているので」

「え……？」

「一緒に部屋に入ってもいいですか？」

小首を傾げ、不安そうに伊織が尋ねる。

緊張のせいか、瞳に涙が溜まっている。

濡れた瞳を見ていると、ルイスも鼓動が高鳴っていく。

「当たり前だろ」

少し渇いた喉から、ルイスは声を絞り出しごくりと唾を飲み込んだ。

ルイスは伊織の頬に手を寄せてから、その手を背に回し優しく引き寄せる。温かい体温と伊織の鼓動を感じて、ルイス自身も熱が上がっていくのが解る。

ルイスは伊織の手を引いて、プレイルームに入った。中は弱い照明だけが点けられていて薄暗く、すぐにプレイが出来る状態になっている。

ルイスはベッドまで向かうと、伊織の手を離した。伊織は手を離されたところで足を止めて命令を待っている。

伊織の頬が赤く色づいている。まだ何もしていないのに、伊織が興奮しているのが解る。

「伊織、ニール」

焦らすつもりはない。

ルイスが基本のコマンドを放つと、伊織は綺麗な仕事着のスーツを着たまま膝を折り、ペタリと尻を絨毯に着ける。顔だけを上げて、ルイスをじっと見た。ルイスは手を伸ばして、伊織の頭を撫でてやる。

「いい子だ」

褒めてやると、伊織はくっと首を伸ばして目を細める。

「気持ち良いか？」

「きもちいいです」

「だよな、そんな顔してる」

ルイスは手を離して、ベッドに座る。それから、次のコマンドに移った。

「ストリップ」

初めてプレイをした時は、「ニール」すら出来なかった。だが今の伊織は素直にジャケットを脱ぎ捨てて、座ったままシャツのボタンを外していく。

シャツを床に放ると、次はパンツだった。カチャカチャと音を立ててベルトを外し、少し腰を上げてパンツを脱ぐ。靴下と下着だけという間抜けながらもスケベな格好になって、伊織は再びルイスを見上げた。

「まだ、出来るよな？」

次の指示待ちだと解ったから、続きを脱ぐよう指示する。伊織はごくりと唾を飲み込んで、それでもルイスの指示に従った。

先に靴下を脱いで、次に下着に手を掛ける。黒いボクサーパンツをゆるりと脱ぎ捨てると、現れた性器は既に勃起している。それを見て、ルイスは目を細めた。

「伊織、パスだ。今脱いだそれ、俺に渡して」

「はい」

「手、使うなよ」

こんなコマンドを、他のサブに使ったことはない。だが今はこれが正解な気がして、伊織に手を使わずに下着を寄越すよう命令する。

伊織は従った。尻を床に付けたまま、頭を下げると先ほど脱いだ下着を口で咥える。腰にあたるゴムの部分を歯先で軽く噛んで、犬のように下着をルイスに差し出してくる。

ルイスはそれを受け取った。色のせいで見ただけでは解らなかったが、受け取ると性器の場所が濡れている。ルイスはそれを確かめてから伊織の前にプラプラとぶら下げた。

「いつから濡らしてんの？」

「……っ」

「まだ俺、何もしてねぇんだけど？」

ルイスは下着をポイっと捨てて、その手で伊織の顎を掬ってやる。

「何で勃ってんの？」

羞恥に伊織の頬が熱くなるのが解ったが、無言のままを許すつもりはない。

「な、聞いてるんだけど」

「きもち、よくなってしまって」

「俺にニールって言われただけで？」

「はい」

「伊織は、俺にオスワリって言われただけで気持ち良くなっちゃうんだ？」

「はい」

「ついこの間までプレイ出来なかった奴とは思えないよな。こんなスケベになっちまって」

「ごめん、なさい」

「何に謝ってんの？」

「エッチになってしまって、ごめんなさい」

「謝れていい子だな」

ルイスは靴先で、伊織の性器をつんとつつく。伊織はびくりと身体を震わせながらも、抵抗せず「ニール」の体勢を維持した。

「俺と離れてる間、もしかして俺以外のコマンドでも気持ち良くなった？」

緩く靴の甲で性器を擦りながら、ルイスは尋ねる。

「なぁ、どうなんだよ」

「それは——」

伊織は、必死に快楽に耐えて呼吸を荒くしている。

「気持ち良く、なれなかったです」

「ホントか？　ニールって命令されただけでこんなにしてんのに？」

「——っ、はい」

「他の奴にニールって言われても、すぐ気持ち良くなってたんじゃねーの？」

「なって、ません」

「こんな先走りタラタラ零してたら、説得力ねーんだよな」

「本当に、私はルイスさんだけで――」

「はは、知ってる」

必死な伊織に、ルイスは思わず口角を上げる。

靴底で軽く性器を踏みつけてやると、伊織は痛みと快楽に喘いだ。

「ンあっ」

「お前が俺以外で気持ち良くなれねーどころか、プレイすら出来ねーのはよく解ってんよ」

「はぁ、あっ……」

「けど俺以外の奴とプレイしたって事実は変わらねーし、腹立つもんは腹立つんだよな」

「ご、ごめんなさい」

「ちょっとお仕置きが必要だよな」

伊織が他の男を選んだのは、ルイスが突き放したせいだ。それでお仕置きは理不尽だと理解しているが、他の男を選んだことには腹が立つし、きっと伊織も期待している。

「伊織、クロール」

四つん這いになるよう、命令する。

伊織は性器を勃たせたまま、ルイスの指示に従った。いじらしいことに、四つん這いになっても視線をルイスに向けたままでいる。その瞳に不安の色はなく、ただ先を求める色だけが滲んでいる。

期待に応えるべく、ルイスはベッドの上で足を組み直し、「カム」と次の命令をした。

「お前の尻に俺の手が届くように、此処に来い」

伊織は溢れる唾液を飲み込んでから、のそのそ四つん這いのままルイスの前まで来る。恐らく、もう何をされるのか解っている。

「十回」

だから簡潔に、ルイスはこの先の命令を伝える。

「スパンキングしてやる。優しい仕置きだろ？」

「……っ、はい」

「けど、仕置きだから叩かれてイくなよ。イったら仕置き追加だかんな」

薄く開いた唇から、伊織はひゅっと息を吸う。緊張と、何より期待があるのだろう。その呼吸が整ったのを見計らって、ルイスは手を振り下ろした。

「一回」

パン、と乾いた音が静かな部屋に響く。

伊織は声を上げなかった。きゅっと目を瞑って、首を下に垂らしている。その様子を見ながら、ルイスは手を再び振り上げる。だがそれを下ろす前に、口を開いた。

「なぁ、数えるの面倒だからお前が数えて」

「え……？」

「自分で数えた方が分かりやすいだろ」

「わかり、ました」

「じゃ、行くぞ」

返事を待たず、ルイスは掌を振り下ろす。

先ほど同様乾いた音がして、伊織の白い尻が赤くなる。

「伊織」

声を必死に堪えたようだが、カウントがなかったから声を掛けた。

「数えろ」

「にかい」

「じゃ、次」

「ひあ……っ」

叩くと、伊織が体勢を崩しそうになる。痛みのせいではない。加減はしている。仕置きされていることに感じていて、ルイスに従属することに快楽を得ているのだ。その証拠に伊織の性器からは先走りがとろりと垂れていて、赤い絨毯を濡らしている。

「喘いでねぇで数えろ、何回?」

「三回、です」

「偉いな」

褒めると同時に、再び手を振り下ろす。

「数えて」

「四回」

伊織の爪が、絨毯に食い込んでいる。手で支えるのも辛いようで、だんだん身体の重心が前に傾いていく。それでもルイスは手を止めず、尻を叩き続けた。

パンと音を立てて触れるそこは、赤みを増すたびに熱を上げている。だが皮膚への刺激のせいだけでなく、快楽に伊織の体温が上がっているせいだろう。

「……っ、九回」

伊織は頬を赤く染め、涙を溜めながら数を数える。絨毯に肘をついて必死に身体を支える伊織に、最後の一回だとルイスは手を大きく振り上げる。

今までは加減していた。それは強く叩けば伊織が射精してしまうと想像出来たからだが、最後の一回ならもう必要ない。

「これで最後だ」

思いきり強く尻を叩いてやると、ルイスの想像した通り伊織は身体をビクビク震わせて射精した。触れられてもいない性器から精液を零し、高級そうな赤い絨毯を汚す。

「我慢出来てねぇじゃん」

嘲笑（あざわら）いつつ伊織の頬に触れてやると、伊織は薄く開いた唇から熱い吐息を漏らしている。

「お仕置き、気持ち良かった？」

「きもち、よかったです」

「それじゃダメだろ」

ルイスはクスリと笑ったが、此処で終わりにするつもりはない。

既に射精したのを見られているのだから、羞恥などない気がする。だが濡れた性器を晒すのはそれなりに恥じらいを伴うようで、伊織は躊躇してから尻を着き、足を開いた。

「伊織、プレゼント」

視線を逸らしたから、すぐに「ルック」と命令した。伊織は素直に従って、呼吸を荒くしたままルイスをじっと見る。

それだけなのに、伊織の性器はまた兆しを見せていた。従属することが気持ち良くて、恥ずかしい姿を晒していることに感じているのだろう。それも、相手がルイスだからこそ反応している。

「伊織、自分でしろ。俺に見えるように」

「え……」

「出来ないのか？」

伊織の頭を撫でてやって、少し走った緊張を和らげてやる。

「勝手にイった分の仕置きがまだだろ？　俺に見えるようにオナって」

ルイスが足を組み直すと、伊織は躊躇いつつも自らの性器に手を伸ばす。

「ン……っ」

細く声を漏らし、そんなもので気持ち良くなれるのかと思うスピードで、右手で性器を扱く。反対の手は律儀に足が閉じないよう膝を支えていて、俯きがちではあるが視線は命令の通りルイスに向いている。

先ほど射精したばかりなのに、伊織の性器は完全に勃ち上がっていた。切なそうに目を細め、ルイスに見せつけるように手を動かし続ける。

あと少しで、射精するだろう。

そう思ったところで、ルイスは伊織を止めた。

「伊織、止めろ」

ルイスの声にビクッと反応して、伊織は手を止める。あと少しで射精出来そうだったのにと、欲求が昂っていることだろう。だが、ルイスはこのまま伊織を射精させてやるつもりはない。

「仕置きだって言っただろ。イくな」

言えば、伊織は素直に従う。

すぐにでも手の動きを再開して射精したいだろうに、そうしない。ただじっとルイスの、次の命令を待っている。

「伊織、いい子だ。続けていいよ」

「ふ、ぅ……ッ」

ルイスの声に反応して、伊織はすぐに自慰を再開させる。少しの時間手を止めていたせいで、熱が収まってきていたところだった。それを再び自らの手で昂らせ、今度こそ射精しようと動きを速くする。

「んっ、あっ、はぁ……っ」

あと、少しで射精する。

その瞬間を見計らって、ルイスは再び伊織を止めた。

「伊織、手を離せ」

「な、ぁ……ぅ、なんで……」

「何でって、仕置きって言っただろ」

口角を上げて、ルイスは再び伊織に自慰を再開しろと命じる。

伊織は従った。すっかり勃起したそれを強く握りしめ、しかしやはり射精の直前でルイスは伊織を止めた。

「伊織、待てだ」

「やぁ、あ……っ」

泣きそうな表情で、伊織はルイスに射精したいと訴える。

「も、イきた……っ」

「知ってるよ」

そんなことは解っている。

限界が近いだろうと思うが、それでもルイスは伊織の射精を許さない。

「ま、でもそろそろだよな」

ルイスはベッドから降りると、足を開いて勃起した性器を晒した伊織の手を握る。

「このまま、床で自分の手でイってもいいけど。俺とベッドで一緒にするのと、どっちがいい？」

「は、ぁ……」

ルイスの握った手の体温にすら感じているのか、伊織はとろりと粘り気のある唾液を唇から溢す。

「な、言って？」

「ルイスさんと、一緒がいいです」

「ちゃんと言えて偉いな」

答えは解っていた。だが直接声が聞けたことに満足して、ルイスは伊織の手を引いてそのままベッドの上に上げてやる。

ペタリと座り込んだ伊織は、半分サブスペースに入りかけていた。キスをすると、伊織は素直に口を開いて舌を絡めてくる。ただ快楽にぼんやりしているせいで、辿々しい。

「クロールのコマンドでお前を四つん這いにさせて、後ろからしてもいいんだけど」

唇を離し、濡れた伊織の瞳を見つつ頬に手を添える。

伊織の目は、期待と興奮に満ちている。先ほど射精出来ないまま放置された性器は、勃起したまま先走りを零している。それはそれで可愛いが、そろそろ満たしてやらなければならない。

「今日は、お前の顔見ながらしたい」

そっと、伊織をベッドに押し倒す。

ルイスはジャケットとシャツを床に脱ぎ捨てると、パンツのベルトを緩めた。前を寛げながら伊織に覆いかぶさって、キスをする。伊織の口元から唾液が溢れ、ルイスはそれを舐め取ってやる。

唇を離れ、今度は喉元や鎖骨にキスをする。どこも今までにないほどに熱くて、ピンと勃ち上がった乳首をしゃぶると伊織は「もっと」とばかりに胸を差し出してくる。

いつになくいやらしい。

伊織の尻を叩いている頃から興奮していたルイスも、もう限界だった。

途中までパンツをずり下ろして、伊織の足を抱え上げる。伊織は丁寧に自らの足を手で抱えたが、ルイスはその手を引き剥がす。

「自分で足、持たなくていいよ。俺の背中に回しとけ」

プレイだけならそれでいい。

だがその先のセックスをするなら、もっと伊織と触れ合いたい。

ルイスは己の性器を軽く扱いて、伊織の後孔に押し付ける。そのままぐっと腰を押しつけ、ルイスは奥まで挿入した。

「ンン……っ」

伊織の中は温かい。何よりうねってルイスを奥まで誘い込んでいくその動きが気持ち良い。ルイスは動きを止めて、内壁の動きを楽しむ。だが伊織の性器がヒクヒク震えているのを見て、その先に進むことにした。

「動いていい？」

「ぁい」

返事があると同時に、ルイスは腰を引いて打ち付ける。

「はぁ、あっ」

久しぶりでも、伊織の気持ち良い場所は覚えている。器用に腰を動かして、伊織の良い場所を何度も突いてやる。

「んああっ」

「なぁ、気持ち良い？」

「きもち、いいれす」

「呂律回ってねぇじゃん。かわいい」

　このまま続ければ、射精するだろう。だが折角ここまで我慢させたのだから、ルイスが達するまで我慢してほしい。

　ルイスは腰を動かしたまま、伊織の性器を強く握った。

「ひぁああっ」

「まだイくなよ。俺と一緒の方が気持ち良いだろ」

「い、いいですっ」

「じゃ、もうちょっと付き合って」

　伊織は苦痛と快楽の混じった声で、限界を訴える。だがその苦痛すら気持ち良いようで、今の伊織はルイスから与えられるものすべてが快楽に繋がっている。

　そんな伊織に煽られ、ルイスもまた射精欲求が高まってくる。

　ガツガツと腰を打ち付け、パンパンと肉のぶつかる音を部屋に響かせる。やがて限界が近づくと、ルイスは握った性器を扱き上げ、伊織が達すると同時にその中に射精した。

　伊織は自らのもので腹を汚しながら、後孔をキュッと締め付ける。中に出されているのを感じているのか、恍惚とした表情でルイスを見上げている。

　やがて精液を出し切ると、ルイスは再び伊織に覆いかぶさってキスをした。

伊織は応えてくれるが、反応は薄かった。快楽に思考がふわふわしてきているのだろう。

「伊織」

それでも最後にこれだけは伝えたいと、ルイスは伊織を呼ぶ。

「お前と会えて良かった。それと、お前が俺のもとに帰ってきてくれて良かった」

伊織は薄ら目を開けた。

眠そうに瞬きをしているが、瞳はしっかりルイスを捉えていて、ルイスの声が聞こえているのが解る。

「私もです……」

心地よさそうに、伊織は頬を緩める。

「私も、ルイスさんと出会えて良かったです」

「そっか」

ゆっくり目を閉じた伊織を、ルイスは抱きしめる。

伊織の体温が心地よかった。

「お前のことが好きだよ」

規則正しく呼吸をする伊織に、ルイスは囁く。

「ン……」

伊織は目を閉じたまま、小さく頷く。だが吸い込まれるように眠ってしまった伊織からは、それ以上の返事はなかった。

「――そしてルイスは真実の愛を手に入れ、ホストとしてもナンバー2に返り咲いたのでした。めでたしめでたし」

そんなエンペラーの言葉に周囲は笑ったが、ルイスは眉間に皺を寄せて口を尖らせた。

「変なナレーション付けるな」

「褒めてるだけだろ。良かったじゃないか」

エンペラーは楽しげに笑い、手元の酒をぐっと飲む。

この日、バー『炎』には、見知った顔ぶれが集まっていた。

ホストの仕事上がりの深夜一時過ぎ。バーは元々営業している時間だが、ルイスとエンペラーだけでなく、加賀宮や仕事帰りの伊織もいる。

友人というわけではないから、何もなければこのメンバーが自然と集まることはない。この珍しいメンツが揃っているのは、ルイスが「報告したいことがある」と誘ったからだった。

報告とは、伊織とのことだ。

紆余曲折あったが、伊織とは収まるところに収まった。そのことを、周囲の人間に伝えておきたかったのだ。

事実を伝えると、周囲は祝福してくれた。ルイスは照れ臭かったが、同じ当事者の伊織は気にした風もなく美味しそうに酒を飲んでいて、年の功を感じてしまう。

「恋愛って楽しいだろ」

「凄ぇ楽しい」

エンペラーに問われ、ルイスは即答する。

「お前に言われると腹立つけど」

本当に楽しかった。

もう誰かを好きになることも、夢中になることもないと思っていた。今は伊織に会える日も会えない日も、驚くほどに毎日が楽しくて輝いて充実している。

そうして報告をひとしきり終えた頃、エンペラーがふと伊織の首元を見た。

「けどルイス、まだ伊織クンにチョーカー渡してないんだな」

意外だ、とエンペラーは首を傾げる。

「伊織クンみたいな魅力的なサブ、ちゃんとチョーカー着けてないと他のドムに目をつけられるだろ。ルイスも無自覚に独占欲が強いから、絶対すぐ渡すだろうって思ってたのに」

「一応、見に行くだけは行ったんだよ」

一週間前、伊織とデートがてらにチョーカーを見に行った。エンペラーの言っていることは間違っていない。伊織は既に一度職場でヤバい男に目をつけられているし、プレイクラブでも妙な男に言い寄られたと言っていた。だから早めにパートナーの証であるチョーカーを贈ろうと思ったが、この首輪一つ買うというだけの共同作業が上手く行かなかった。

「見に行ったけど、今回は一旦見送りだ」

「見送り？　何で？」

「趣味が合わなかったんです」

どう返そうかと思っていると、伊織が代わりにエンペラーに答える。

「趣味？」

「チョーカーをくださるという申し出は、すごく嬉しかったんですけど。でもルイスさんの選ぶチョーカーは、蛇革とか虎柄とか微妙なデザインのものばかりで、流石に装着に抵抗があったので。折り合いがつかなくて、一旦諦めることにしました」

「ふはっ」

丁寧な伊織の説明に、案の定エンペラーが噴き出す。

「虎柄って、何でそうなるんだよ」

「強そうだし相手を寄せつけなさそうでいいだろ」

「ウケる」

エンペラーは楽しげに伊織の肩を抱いてパンパンと叩き笑っている。

ルイスはむっとした。

笑うのは構わないが、恋人にベタベタ触られるのは楽しくない。というより他の男なら気にならないが、不動のナンバー1ホストにこうも親しくされては、流石に不安にならずにはいられない。

「おいエンペラー、伊織にベタベタすんな」

肩を抱くエンペラーの手をパシっと払うと、エンペラーは目を丸くしてルイスを見る。

「伊織は俺のモンなんだぞ」

「ルイスの口からそういう台詞が出てくるのは新鮮だね」

「うるせぇ」

「でも、人をモノ扱いするような発言はどうかと思うな」

「お前に関係ねぇだろ、俺と伊織の関係にケチつけんな」

「確かに俺はケチをつける権利はないけど、伊織クンだってパートナーにそんな物言いされるのは嫌なんじゃないの？」

「そんなことねぇよ。俺は伊織のことなら何でも解ってるし、強い信頼関係で結ばれてるからな」

エンペラーを鼻で笑って、ルイスはカウンターチェアから立ち上がった。

伊織と自分の関係は特別だった。

少し前なら、こんな言葉を言われれば不安になったかもしれない。だが今は、自分と伊織の間には誰にも邪魔など出来ない特別な絆があると自信を持って言える。

それをエンペラーにも証明してやろうと、ルイスは人差し指で床を指して伊織を見る。

「伊織、ニールだ」

出会ったばかりの頃は出来なかったコマンドで、伊織に命令する。

あの時は膝をつくどころか発音を小馬鹿にされて、呆然としたままプレイが終わった。

だが今はそうではない。伊織はルイスの命令であれば、喜んで膝を折る。そして気持ち良さそうに、うっとりとルイスを見上げるのだ。

──その、はずだったが。

「何でこんなところで座らなきゃいけないんですか」

伊織は従わなかった。

カウンターチェアに座ったまま、不信の表情で眉間に皺を寄せている。

「え、だからニールだって」

「嫌ですよ」

ウイスキーグラスを傾け一口飲むと、伊織はテーブルにそれを置く。

「こんな人前で、やめてください。恥ずかしいですよ」

「いや、俺がニールって言ってんだからニールだろ！」

「しません。それにルイスさん、最近また昔に戻ってきてますよね」

「ああ？　何がだよ」

「発音が悪いです」

伊織はふいっと背中を向けて、再び酒を飲み出す。

バーの中には、しばしの沈黙が流れた。だがその静けさは一瞬で、どっと周囲が噴き出す。

「ぎゃっはっは」

エンペラーが指を差して、ルイスを笑っている。

コマンドひとつ成功出来ない間抜けなドムだと思われたのだろう。

周囲の笑い声をものともせず、伊織は一人酒を飲んでいる。

遊馬は伊織に追加のウイスキーを出していて、近くに座っていた加賀宮はビール瓶を傾けながら失笑していた。遠くでは知らない客もルイスを眺めつつ談笑していて、同伴なのか何なのか、美人のキャバ嬢もルイスを見て肩を震わせている。

（どいつもこいつも……）

ルイスを馬鹿にしている。

パートナーのはずの伊織すら、ルイスを無視して酒に夢中になっている。

だが、それでも構わなかった。

何故ならもう伊織はルイスのもので、ルイスは伊織のもので、誰にも入り込む余地などないと自信を持って言えるからだ。

「おい、あとで覚えておけよ」

耳元で囁くと、伊織がチラリと見て視線が合う。

酒に酔ってご機嫌なことに加え、周囲の祝福ムードも嬉しいのだろう。伊織は目を細め微笑んだ。

「楽しみにしてます」

■あとがき■

こんにちは、片岡と申します。
このたびは数ある本の中から『俺がニールって言ってんだろ！』をお手に取っていただきまして、ありがとうございます。発行いただけたのも、応援してくださった読者様のお陰です。本当に本当にありがとうございます。

普段は薄暗いシリアスを好んで書いているのですが、ラブコメはラブコメで大好きなジャンルなもので、かなり楽しく書かせていただきました。今回の舞台は夜の街なのですべてが華やかですし、ルイスがお金をジャブジャブ使ってくれたのでハイクラスホテルの資料集めなども楽しかったです。

二人の掛け合いを楽しく読んでいただけると嬉しいなと思いながら書いたのですが、クスッと笑っていただけるシーンはありましたでしょうか。ドムサブという世界観からもっとハードなSMを想像された方もいらっしゃったかもしれませんが、伊織に振り回されるルイスを少しでも楽しんでいただけましたら嬉しいなと思っております。

また、かっこいいルイスと伊織、華やかな世界を描いてくださった伊東七つ生先生、本当にありがとうございました。ルイス本当に顔がいい！　ルイスと伊織は勿論なのですが加賀宮がかっこよくて、加賀宮は私の夢と希望を詰め込んだイケオジだったので、頂いたラフをニコニコ眺めさせていただきました。

そして発行まで支えてくださった担当さん、発行に関わってくださった全ての方に心から感謝いたします。

最後までお読みいただきまして、ありがとうございました。ご感想など、ひとことでもいただけると大変喜びます。

またどこかでお会いできますように。

初出
「俺がニールって言ってんだろ!」書き下ろし

この本を読んでのご意見、ご感想をお寄せ下さい。
作者への手紙もお待ちしております。

ショコラ公式サイト内のWEBアンケートからも
お送りいただけます。
http://www.chocolat-novels.com/wp_book/bunkoenq/

俺がニールって言ってんだろ!

2023年8月20日　第1刷

著　者:片岡
発行者:林 高弘
発行所:株式会社　心交社
〒171-0014　東京都豊島区池袋2-41-6
第一シャンボールビル7階
(編集)03-3980-6337 (営業)03-3959-6169
http://www.chocolat_novels.com/
印刷所:図書印刷 株式会社